U0023431

新世紀叢書

當代重要思潮・人文心靈・宗教・社會文化關懷

暴政的勝利
莎士比亞論政治

Tyrant
Shakespeare on Politics

（原書名：暴君）

美國國家圖書獎及普立茲獎雙料得主、哈佛大學教授

史蒂芬·葛林布萊 Stephen Greenblatt

梁永安＿＿譯

暴政的勝利：莎士比亞論政治（原書名：暴君）

第1章

斜角

Oblique Angles

自一五九〇年代早期起，從莎士比亞創作生涯的開始一直到終結，他不遺餘力反覆探索一個讓人深深困惑的問題：怎麼可能會有一整個國家落入一個暴君手中的情形出現？

十六世紀大有影響力的蘇格蘭學者布坎南（George Buchanan）說過：「一個國王是統治自願的臣民，一個暴君是統治非自願的臣民。」正如布坎南指出的，一個自由社會的各種制度，是設計來防制那些不是為國家而是為自己著想、不是為公眾利益而是為個人快樂著想的統治者出現。」①莎士比亞問自己：在什麼情形下，這些看似根柢固和固若金湯的制度會突然變得不堪一擊？為什麼大多數人明知被騙仍然願意被騙？一個像理查三世（Richard III）或馬克白（Macbeth）那樣的人怎麼會獲得王位？

莎士比亞認為，這種情形是有可能在沒有廣泛同謀的情況下發生。他的戲劇探討了導致一個國家放棄自己理想甚至利益的心理機制。他問自己，為什麼有人會被一個明顯不勝任統治的領袖——一個衝動得危險、一肚子陰謀或漠視

6

真理的領袖——所吸引？為什麼在某些情況下，虛偽、粗鄙和殘忍不但不構成要命的不利條件，反而成為一種吸引力，讓追隨者趨之若鶩。為什麼一群本來自豪和自尊的人民會甘於臣服於暴君的厚顏無恥——這個人認定自己不管幹什麼壞事或說什麼假話都能全身而退？

莎士比亞反覆描寫這種臣服的悲劇性代價（道德淪喪、財富的大量浪費和人命喪失），以及讓一個受傷國家回復若干元氣所需付出的慘痛措施。他的戲劇是在探問，是不是有任何方法可以在為時已晚之前遏阻無法無天的統治，是不是有任何有效手段可以防止暴君一律會帶來的災難？

莎士比亞不是要指控當時的英格蘭君主伊莉莎白一世是個暴君。不管他私底下怎樣想，把這種想法搬上舞台都是自殺行為。還是一五三四年的時候，在伊莉莎白的父親亨利八世統治期間，便通過一項法律條文，規定把統治者影射為暴君者是叛國。②觸犯者處死。

莎士比亞時代的英格蘭沒有言論自由——不管是在舞台上或其他地方都是

如此。一五九七年，戲劇《犬島》（*The Isle of Dogs*）被控煽動，導致劇作家班・強生（Ben Jonson）被捕和繫獄。政府還因此頒布一紙法令，關閉倫敦所有劇院，幸而沒有執行。③政府的眼線喜歡上劇院去找一些可被說成具有顛覆性的劇情，以便領賞。評論時事或政府領導人的舉動特別危險。

就像在現代極權主義國家那樣，人民發展出一些用暗語發表意見的方法，站在一兩個距離之外談論國事。不過，莎士比亞偏好採取迂迴方法不只是出於謹慎，當他非透過直接方式而是採取斜角角度處理問題的時候，看來特別能夠清晰思考。他的戲劇顯示，透過虛構或採取歷史距離，他最能夠不加扭曲地佔有真理。正因為這樣，他才會被傳說中的羅馬將軍科利奧蘭納斯（Caius Martius Coriolanus）或歷史人物凱撒吸引，才會對英格蘭和蘇格蘭編年史中的人物入迷，例如約克（York）、凱德（Jack Cade）和李爾（Lear），又特別是最典型的暴君理查三世和馬克白。其他想像出來的人物——《泰特斯・安德洛尼克斯》（*Titus Andronicus*）中的施虐癖皇帝薩特尼納斯（Saturninus）、《一報還一報》

（Measure for Measure）中的腐敗代理公爵安哲魯（Angelo）、《冬天的故事》（The Winter's Tale）中的疑心病國王里昂提斯（Leontes）——會讓他大感興趣，理由亦在此。

莎士比亞的大受歡迎顯示很多同時代人和他有一樣想法。擺脫周遭環境的羈絆和忠君愛國的陳腔濫調，他的作品坦白得讓人震驚。這位劇作家有很大一部分是自己時代和國家的產物，但又不是全然如此。在他的筆下，事情會變得無比清晰，而他也沒有需要對看到的事情保持沉默。

莎士比亞亦明白到，就像我們時代的一些大事（例如蘇聯解體、房屋市場崩潰或一次讓人目瞪口呆的選舉結果）所披露的那樣，即便是身處權力核心的人，也往往不知道即將發生什麼事。雖然他們的辦公桌上堆滿統計數字、擁有昂貴的間諜網絡、雇用了大批高薪的專家，他們仍然幾乎完全身處漆黑之中。站在邊緣望過去，你也許會以為如果你能夠接近這個或那個重要人物，就會知道有什麼方法可以保護自己或自己的國家。但這只是一種錯覺。

在莎士比亞其中一齣歷史劇的開始，他讓「謠言」（Rumor）這個角色上場。它的衣服上「塗滿舌頭」，工作是沒完沒了地散播一些「由臆測、嫉妒和妄想所吹響的故事」（《亨利四世》下篇〈導言〉16）④。它的效果是製造各種相互衝突的訊號、假安慰和假警報，讓人在最不羈的希望和最深沉的絕望中暈頭轉向。最容易上當受騙的不是草民眾生，而是有權有勢的人。

所以，對莎士比亞來說，能夠和當前保持距離會更容易清晰思考，能夠擺脫饒舌舌頭的噪音會更容易說出真相。採取斜角讓他可以掀開錯誤的假設、年深日久的信念和誤導的虔誠，看看底下藏著什麼。此所以他會對上古時代的世界感興趣（當時基督信仰和忠君愛國修辭辭並不適用），對《馬克白》或《李爾王》中充滿暴力的十一世紀蘇格蘭一往情深。即使當他刻劃和自己時代較接近的世界時（見於從《理查三世》到《辛白林》（Cymbeline）中的前基督教英格蘭著迷，對《辛白林》的一系列歷史劇），莎士比亞仍小心翼翼讓自己和自己所描述的事件保持至少一個世紀的距離。

10

在他創作戲劇的那個時候，伊莉莎白一世當女王已經三十多年了。雖然有時候會易怒、難相處和專橫，她對王國的政治制度的尊重是有目共睹。就算那些主張對外採取更侵略性政策和對內採取更嚴厲打擊手段的人，一般都肯定她對運用權力的審慎。莎士比亞非常不可能把她看作暴君，哪怕是內心深處仍不太可能這樣想。不過就像他的很多國人同胞那樣，他大有理由對不久的未來感到憂慮。一五九三年，女王慶祝六十大壽。雖然未婚且無兒無女，她堅決拒絕指定一個繼承人。難道她認為自己可以永遠活下去？

對任何有點想像力的人來說，值得憂慮的都不只是時間的偷偷侵蝕。人們普遍相信英格蘭受到一個國際陰謀集團的威脅，該集團訓練出許多狂熱打手，分派到各地。這些打手相信殺死被他們稱為「無信仰者」的人並不是罪，反而是為上帝做工。他們在法國、荷蘭和其他地方要為行刺事件、群眾暴力和集體屠殺負責。他們在英國的首要目的是殺害女王，用他們的一個同路人取而代之，把英國壓制在他們扭曲的宗教觀之下。他們的終極野心是統治世界。

這些恐怖份子不容易認出，因為他們大部分都是土生土長。他們被陰謀集團吸收後送到海外受訓，然後又偷渡回英格蘭，很容易就混雜到一般忠順的子民之中。一般老百姓當然不願意供出自己的子弟，哪怕他們被懷疑散播危險思想。那些極端份子形成小單位、一起禱告、交換祕密訊息和吸收新成員。新血主要來自人口中的年輕人，他們不滿且不穩定，嚮往暴力和成為烈士。有一些恐怖份子與外國政府的代表祕密接觸，後者暗示將會派出入侵艦隊和支持武裝起義。

英格蘭的間諜系統對這種危險高度警覺。他們對恐怖份子訓練營派出臥底、有系統地審查信件、在酒館和客棧裡留意人們的談話，並在港口和邊界關卡仔細檢查往來人等。不過恐怖主義的威脅仍然難以消除。即便當局能夠抓到一些涉嫌的恐怖份子並對他們進行盤問，情況也沒有比較好。畢竟這二人都獲得他們的宗教領袖批准，被容許說謊，而且學過一種模稜兩可的回答問題方法。這種方法可以誤導審問人員又不構成嚴格的說謊。

即便用刑求方式盤問涉嫌者（這是一般都會採取的做法），仍然常常難以突破。根據女王情報首長的一份報告，那個在一五八四年刺殺荷蘭奧蘭治親王（Prince of Orange）的極端份子（第一個以手槍殺死國家元首的人）始終無比倔強：

同一個傍晚，他被用繩子鞭打和被用裂開的翻羽切割皮膚，之後又被放入一個裝鹽水的容器，喉嚨裡被灌入醋和白蘭地。儘管受到這些折磨，他毫無消沉或懺悔的跡象。正好相反，他說自己做了上帝悅納的行為。⑤

「上帝悅納的行為」：這些人受到洗腦，相信他們可以因為他們的叛國和暴力行為在天堂得到獎賞。

十六世紀晚期英格蘭的狂熱新教教徒認為，威脅的罪魁禍首是羅馬天主教

教廷。讓伊莉莎白的主要顧問們非常生氣的是，她不願對這個威脅指名道姓和採取他們認為的必要措施。她不願意因為少數狂熱份子的罪行便和強大的天主教國家爆發昂貴且血腥的戰爭，或抹黑整個天主教。用她的情報首長沃辛漢（Francis Walsingham）的話來說，她「不願意在人們的心裡或祕密思緒開一扇窗」⑥，因為多年以來她都容許子民默默保持天主教信仰，只要求他們在表面上服從國教。雖然受到激烈催促，她一再拒絕批准處決她的天主教徒表姪女，即蘇格蘭的瑪麗女王。

被趕出蘇格蘭之後，瑪麗一直在未經審判的情況下被拘禁於英格蘭北部。由於她對英格蘭王位擁有很強的繼承資格（有人認為比伊莉莎白還要強），她成為了歐洲天主教國家和英格蘭國內天主教極端份子的指望對象。瑪麗本人也非常愚蠢地批准了一些奉她名義進行的險惡圖謀。

人們廣泛相信這些圖謀背後的主腦正是羅馬教宗。負責執行的是他的特別部隊：發誓事事服從他的耶穌會。再來還有他在英格蘭的祕密軍團，即人數數

以千計的「教宗派」，他們表面上參加英國國教的禮拜，心裡繼續保持天主教信仰。在莎士比亞成年之時，有關耶穌會的謠言（他們被禁止進入英格蘭）甚囂塵上。他們的實際人數也許不多，但他們激起的恐懼和仇恨（在一些地方則是激起祕密崇拜）卻相當可觀。

我們不可能斷定莎士比亞在內心深處認同於何者。但他不可能是中立或事不關己。他的雙親都出生在一個天主教的世界，而對於他們和那個世界的關聯。莎士比亞有各種理由保持謹慎和迂迴，而這不只是因為新教政府屬行嚴刑峻法。激進天主教徒對於英格蘭的威脅並不完全是出於想像。在一五七○年，教宗庇護五世（Pius V）發出詔書，譴責伊莉莎白是異端和「罪惡的僕人」，將其革除教籍，又宣布她的臣民不必遵守曾宣誓服從她的誓言，反而應該踴躍表現出不服從。十年之後，教宗格列高利十三世（Gregory XIII）又主張，殺死英格蘭女王不是滔天大罪。教廷的國務卿代替主人補充說：「毫無疑問，任何懷著為上

帝服務的虔誠目的而把她從世界送走的人不只沒有罪，還獲得了功勞。」⑦

這個宣布形同煽動謀殺。雖然大部分英格蘭天主教徒完全不打算採取這種暴力手段，但仍有少數天主教徒心懷想要除掉國家的異端君王的念頭。一五八三年，政府的間諜網絡發現一個事涉西班牙大使的行刺女王陰謀。接下來幾年，有關當局在千鈞一髮間消除危機的謠言一再出爐。受到起疑鄰居通風報信的官員會前往鄉村的藏身屋，砸爛櫥櫃、拍打牆壁和撬開地板尋找所謂的「教士洞」。儘管如此，伊莉莎白仍然沒有採取措施對付瑪麗構成的威脅。沃辛漢禱告說：「求上帝打開女王陛下的眼睛，讓她看見自己的危險。」⑧

女王的核心圈子採取了非常不正規的手段，起草了一份「保王協定」（Bond of Association），連署者發誓不只會報復任何企圖謀害女王的人，還會報復任何從這種企圖得到好處的潛在王位繼承人──這一點明顯是針對瑪麗而發。一五八六年，沃辛漢的間諜獲得了另一個陰謀的風聲。這一次涉案的是富有的二十四歲天主教紳士巴賓頓（Anthony Babington），他和一群志同道合的朋

友相信殺死「暴君」在道德上站得住腳。一些臥底滲透了這群人，當局靜觀陰謀慢慢展開。事實上，當巴賓頓開始有點退縮不前時，一個臥底還催促他趕快行動。這種策略取得了強硬派新教徒最希望的結果：不只抓到了十四個同謀者，將他們吊死和四馬分屍，還把漫不經心的瑪麗捲入其中。

就像二〇一一年殺死賓拉登那樣，瑪麗在一五八七年二月八日被斬首並沒有終結恐怖主義對英格蘭的威脅。這威脅也沒有隨西班牙無敵艦隊在翌年被打敗而結束。如果說瑪麗的死有任何影響，那就是讓國家的氣氛更加凝重。另一次外國入侵看來迫在眉睫。政府的間諜繼續工作，天主教的教士繼續潛入英格蘭荒誕不經的謠言繼續流傳。一個零工在一五九一年被上頸手枷示眾，理由是他說「當女王繼續活著，我們就不可能有一個快樂的世界。」另一個得到類似懲罰，理由是他說「現在統治我們的不是一個好政府……如果女王死了，就會發生改變，所有信這個宗教的人將會被拔除。」⑨一五九二年，在對佩羅特爵士（Sir John Perrot）的叛國罪審判中，一個嚴重指控是這位勳爵詆毀女王是個

「低賤的雜種女人」。在星室法庭（Star Chamber），掌璽大臣抱怨「各種公開羞辱的言論和叛逆的誹謗」在倫敦廣為流傳。⑩

即使那些幾近叛國的大嘴巴言論可以一笑置之，王位繼承的問題仍然讓人焦慮。女王的紅色假髮和鑲滿珠寶的奢華長袍並不能隱藏歲月的痕跡。她患有關節炎，胃口不佳，上樓梯時開始需要人攙扶。正如她的大臣雷利爵士（Sir Walter Ralegh）委婉地說的，她是「一個被時間嚇一跳的女士」。然而她仍然不願意指定一個繼承人。

伊莉莎白時代晚期的英格蘭內心深處知道，既有的秩序非常脆弱。這種焦慮心情不侷限於渴望保持權位的一小群新教精英。多年來，陷入困境的天主教徒一直主張女王被一群馬基維利色彩的政治人物包圍，每個都不斷用計推進本派系的利益，煽動對天主教陰謀的疑神疑鬼恐懼，等待關鍵時刻奪取權力。心懷不滿的清教徒對同一批人物有著類似的恐懼。任何擔心國家宗教和解方案、財富分配、對外關係和爆發內戰可能性的人（這在一五九〇年代幾乎涵蓋任何

人）都一定會談論女王的健康、朝廷的派系、西班牙入侵的威脅、耶穌會會士的祕密潛入、清教徒的騷動（當時稱為「布朗派」）和其他值得驚恐的理由。

這些談論的大部分當然都是竊竊私語，但它們卻有一種反覆不斷、日復一日的執著性質。莎士比亞反覆描寫一些小角色——《理查二世》中的園丁、世嫉俗低下階層等等——分享謠言和辯論國家大事。這一類下等人對在上位者的反省常常會惹惱精英階級。「滾回家去吧，你們這些廢物！」一個貴族對一群抗議者這樣咆哮。（《科利奧蘭納斯》1.1.214）但廢物們拒絕閉嘴。

沒有任何英格蘭的國家安全顧慮（不管大或小）可以直接搬上舞台。劇團在倫敦非常繁榮，它們全都熱中於尋找刺激故事，會樂於用電視劇集《反恐危機》（Homeland）一類的題材吸引觀眾。不過在伊莉莎白時代，劇院卻會受到審查，雖然審查官偶爾會懶散，但絕不會容許刻劃威脅女王政權的陰謀上演，

《理查三世》中的無名無姓倫敦人、《亨利五世》中戰爭前夕的士兵、《科利奧蘭納斯》（Coriolanus）中的飢餓庶民、《安東尼與克麗奧佩脫拉》中的憤

更不會容許舞台上出現影射瑪麗女王、巴賓頓或伊莉莎白本人的角色。⑪

審查制度必然會催生出閃避審查的技巧。就像邁達斯（Midas）的太太那樣，人們不能自已地想要談論那些最讓他們感到困惑的事情，哪怕只是對著風和蘆葦說去。因此，彼此競爭激烈的劇團有著強烈經濟誘因去滿足人們的這種衝動。他們發現，這一點是有可能透過把背景改為遙遠的地域或古早的過去做到。只有在極偶爾的情況下，審查官才會覺得一齣戲以古喻今的痕跡太過顯眼，或者要求劇團證明他們演出的歷史事件是有根有據。其餘大多數時候，他們都是睜一隻眼，閉一隻眼。這大概是因為當局了解到，有必要給予人民一些透氣孔。

莎士比亞是李代桃僵和迂迴手法的超級大師。他從不會寫我們所謂的「城市喜劇」（以當代英國為背景的戲劇），而且除了極少數的例外，他會和當前的事件時保持一個安全距離。他會被展開於以弗所、推羅（Tyre）、伊利里亞（Illyria）、西西里、波希米亞或遙遠海域一個無名島的情節吸引。當他投入一

此些歷史事件（王位繼承危機、選舉舞弊、行刺和暴君的崛起等），這些事件都是發生在古希臘羅馬、史前不列顛或他曾曾祖父時代的英格蘭。為創造更有張力和入木三分的故事，他會隨心所欲改寫他從編年史書取得的材料，但求材料都有出處，以便在當局查問時可以用來辯白。他會不願意坐牢或被打爆鼻子是可理解的。

他這種迂迴政策貫徹一生，只有一個顯著的例外。他的《亨利五世》寫於一五九九年，其中描寫了近兩百年前英格蘭軍隊入侵法國後的一次壯觀凱旋。在全劇近尾聲處，一支合唱隊邀請聽眾想像一個得勝國王回到首都，受到盛大歡迎的場面：「看哪，在想像力的迅速鑄煉之中，倫敦的市民傾城而出了。」（5.0.22-24）緊接著這幅英格蘭歷史上凱旋大典的畫面，合唱隊想像了一幅它希望會在不久未來發生的類似畫面：

如果我們的聖明女王的那一員大將現在——很可能就在現在——從愛

爾蘭回來，劍挑著叛逆者的頭顱，平靜的城裡有多少人要出來歡迎他

啊！（5.0.30-34）

歌詞中的「大將」指的是女王的寵臣埃塞克斯伯爵（Earl of Essex），當時他正

帶領英格蘭部隊討伐蒂龍伯爵（Earl of Tyrone）奧尼爾（Hugh O'Neill）的愛爾蘭

叛軍。

我們不清楚莎士比亞為何決定要直接提到一件當前事件——一件大有希望

在「現在」發生的事件。⑫他有可能是應他富有的贊助人南安普敦伯爵（Earl

of Southampton）的請求這樣做——莎士比亞曾向這位伯爵獻過〈維納斯和阿多

尼斯魯〉（Venus and Adonis）和〈克麗絲失貞記〉（The Rape of Lucrece）兩詩。作

為埃塞克斯的密友和政治盟友，南安普敦深知他這位虛榮心重和負債累累的朋

友殷切渴望獲得大眾的喝彩，而劇院正是接觸群眾的最佳場所。所以他也許曾

22

經向莎士比亞暗示，能夠讓觀眾預期埃塞克斯的凱旋班師，將會是最好不過。真是這樣的話，莎士比亞很難推辭所請。

事實上，埃塞克斯在《亨利五世》首演不久之後便回到了倫敦，但卻不是劍尖上挑著奧尼爾的頭顱。他在愛爾蘭吃了敗仗，之後他就一揮雙手，不理會女王要他留在愛爾蘭的命令，拍拍屁股走人。

接下來發生了一系列在政權最核心迅速形成危機的事件。埃塞克斯的擅自歸國，讓他在朝中的主要敵人塞西爾（Robert Cecil）和雷利得到了他們期待已久的機會。在他們的設計下，伯爵發現女王對自己越來越冷淡。總是難以隱藏自己情緒的他在盛怒中表示女王已經「又老又懵懂」，「心思變得像她的身體一樣扭曲」。⑬

宮廷文化無可避免會導致激烈的派系鬥爭，而伊莉莎白多年來也巧妙地利用敵對派系來平衡彼此。但是隨著她越來越虛弱，一直存在的派系敵意變得更加尖銳和殺氣騰騰。當樞密院召喚埃塞克斯參加一個討論國事的會議時，他拒

絕出席，表示他曉得雷利準備派人行刺他。他因為害怕和憤怒，又加上天真地幻想倫敦民眾會挺身支持他，最後發動了一場針對女王顧問們（大概也是針對女王本人）的武裝起事。這次起事一敗塗地。埃塞克斯和他的主要盟友（包括南安普敦伯爵）被逮捕。

雷利敦促主持官方調查的塞西爾，不要錯過這個可以一舉摧毀他們痛恨敵人的黃金機會。他寫道：「如果你對這個暴君寬厚，一定會在悔之已晚時後悔。」⑭「暴君」在這裡並不是隨便使用的侮辱之詞。雷利暗示有鑑於女王年事已高，埃塞克斯如果恢復權勢，將有機會繼承大統。到時他一定會積極除掉敵人，而那將不會只是禮貌地要求他們退休。他將會幹出暴君會幹的事。

塞西爾完成調查之後，埃塞克斯和南安普敦受到審判，大逆罪罪名成立，被判死刑。後來，南安普敦獲減刑為終生監禁，但曾經大大受寵的埃塞克斯沒有獲得開恩。他在一六〇一年二月二十五日被處決。在他死後出版的懺悔書中（號稱是在絞刑架上取得），他表示自己計畫造反，現在是「死有餘辜」。

24

莎士比亞曾愚蠢得差點捲入這場權力鬥爭。他在《亨利五世》中非典型地提到「大將」這一點雖然沒有引起官方反應，卻是輕易就可能導致災難。因為在一六○一年二月七日（星期六）下午，也就是未遂政變的前一天，包括梅里克勳爵（Sir Gelly Meyrick）在內，埃塞克斯的一批重要支持者坐船渡過泰晤士河，去到環球劇場（Globe Theatre）。幾天前，梅里克的一些親密朋友曾經要求駐劇院的「宮內大臣劇團」演出一齣莎士比亞的早期戲劇：一齣關於「廢黜和殺死國王理查二世的戲劇」。演員們表示反對，認為《理查二世》是一齣老戲，不太可能吸引到大群觀眾。但這個反對獲得了化解：對方答應，除了十英鎊的固定演出費之外，每人外加四十先令酬勞。

但梅里克等人為什麼會積極推動《理查二世》上演呢？那不是無聊的一時衝動：在一個攸關生死的緊要關頭，這樣做需要他們付出計畫、時間和金錢。他們沒有留下為什麼要這樣做的談話記錄，但我們有理由認為，他們是記得莎士比亞這齣戲乃描述一個君主和他的一群親信垮台。「我曾經浪費時間，現在

換成時間浪費我。」注定滅亡的國王哀嘆說（5.5.49），當時他的貪婪顧問們（篡位者稱他們為「國之棟樑」）剛碰上了埃塞克斯想要加諸西塞爾和雷利的命運。

在《理查二世》裡，篡位者不只殺死了國王的顧問們，還殺死了國王本人。篡位者布林布魯克（Bolingbroke）從來沒有直接說出他打算推翻在位之君，更遑論是謀殺他。就像埃塞克斯那樣，當他抨擊君主核心圈子的腐敗時，主要是出於他們對他本人的不公不義。不過在施計讓理查遜位和被囚，以及讓自己被加冕為亨利四世之後，他採取一種狡猾的模糊性——一種政治人物稱之為「可否認性」（deniability）的模糊性——去實踐關鍵的最後一步。莎士比亞並沒有直接描寫這一步。代之以，他只是讓某個人沉思國王說過的話：

艾克斯頓：你有注意到王上說了些什麼嗎？「難道我沒有一個朋友願意替我除去刻骨的憂懼嗎？」他不是這樣說的嗎？

26

僕人：他正是這樣說的。

艾克斯頓：他說：「難道我沒有一個朋友嗎？」他把這句話接連說了兩次，不是嗎？

僕人：正是。

艾克斯頓：當他說這句話的時候，他若有所思地瞧著我看，彷彿在說：「我希望你是願意為我解除心頭憂懼的那個人。」他說的憂懼當然是指被幽禁在朋夫里特（Pomfret）的廢王。

走，我們去吧。我是王上的朋友，願意替他除去敵人。

（5.4.1-11）

雖然只是寥寥數語，卻已足以讓人明白權力運作的箇中三昧。沒有針對廢王發起的正式法律程序。代之以，需要的只是一個有包孕性的暗示和向某個可能會領悟暗示內容的人投以「若有所思」的目光。

新朝裡總會有人願意為討好統治者而做任何事。艾克斯頓是個無足輕重的角色，這還是第一次上場。他樂於成為「王上的朋友」。「走，我們去吧。」（5.4.10）他對他的心腹說，然後理查迅速被謀殺。（5.6.30-31）不讓人意外的是，當他完成任務要去領賞時，碰了一鼻子的灰。「偉大的君王，在我呈獻的這棺材之內，埋葬著您的憂懼。」他說，卻招來亨利四世的斥責：「雖然我希望他死，卻痛恨殺他的兇手。」全劇隨這句尖酸的弔詭語結束。

梅里克和他的同黨當然不需要莎士比亞的戲劇作為他們行動的藍圖。他們一定已經發現這齣戲描述的環境和他們自己的環境並不完全一致，而且不管怎樣，他們不想要表明意圖。另外，在一個現代讀者看來，一齣探索一個失位國王內心世界的悲劇也完全構不成一件刺激群眾起義的宣傳品。

但關鍵必然在於群眾。專場演出（Command performance）大多是在私人場地舉行，觀眾都是特定對象，但「宮內大臣劇團」（Lord Chamberlain's Servant）❶卻是受雇在大型的戶外劇場演出《理查二世》。大部分觀眾都是付一便士的票

價，站著看戲。埃塞克斯一向喜歡討好倫敦的群眾，也仰賴他們的支持，所以莎士比亞曾邀請這批群眾想像埃塞克斯就像亨利五世從法國大勝而歸那樣從愛爾蘭凱旋班師的情景。這個願望固然沒有實現，但梅里克等人想必是認為《理查二世》中有一場成功政變的戲碼，讓它在一大群觀眾前演出會有好處（對他們自己大概也有加油打氣的作用）。他們大概只是想讓他們計畫做的事變得可想像。⑮

根據一三五二年的一條法令，凡是「圖謀或想像」國王、女王或主要大臣死亡者乃是一種叛國行為。⑯「想像」這個含糊其詞的字眼讓政府有很大自由可以決定起訴誰，而《理查三世》在全球劇院的演出斷然看似已經踩到了紅線。畢竟，莎士比亞這齣戲是在大群觀眾面前呈現推翻和謀殺一個君主，還有主要顧問們是怎麼匆匆處決國王。但這些事件卻是發生在英格蘭的過去，而根

據一條不成文的規定，這種時間上的距離可以提供某種免疫作用，讓本來會立即引起審查官勃然大怒和刑事起訴的劇情，不會對劇作家和他的劇團帶來很大危險。

雖然如此，梅里克安排的演出卻讓有關什麼可以在舞台搬演的不成文規定受到了考驗。本來，只要是描寫陳年往事的劇情，就會被認為是無傷大雅。但這一次，埃塞克斯和同黨卻明顯地認為，莎士比亞有關中世紀英格蘭的悲劇具有戰略性用途，應該舊戲重演，搬上環球劇院舞台。

我們不可能知道梅里克那天下午觀看《理查二世》時心裡是怎樣想，但我們卻知道當時至少有一個人明白它的意義。埃塞克斯被處決的六個月後，伊莉莎白駕臨倫敦塔，看望新任命的卷軸檔案保管人蘭巴德（William Lambarde）。這位博學的保管人盡責地把一朝一朝的檔案紀錄呈獻給女王過目。介紹到理查二世一朝的檔案時，伊莉莎白突然說：「我就是理查二世，你知道嗎？」⑰如果說她的語調有點生氣，那是因為好古的蘭巴德看來滿腦子只想著歷史，而女

王卻像任何其他人一樣，是在思考十四世紀的事件和埃塞克斯的未遂政變之間的相似之處。站著思考了一下，蘭巴德迅速明白了關鍵在於「想像」統治者的死。他告訴女王：「這樣一種邪惡的想像是出於一位最不仁慈的紳士，他也是女王陛下從來給予過最多榮寵的生物。」女王誇張地回應說：「這齣悲劇在大街上和房屋裡演了四十遍。」由此可見，莎士比亞的戲劇可提供了解當前危機的鑰匙。

莎士比亞在《亨利五世》中直接提到埃塞克斯伯爵。經常召劇團御前演出的女王選擇不懲罰演員，讓莎士比亞和他的整個劇團低空掠過一場災難。自此以後這位劇作家沒再敢碰當代政治。

在埃塞克斯政變未遂的餘波蕩漾中，《理查二世》的特別上演成了政府調查的重點。莎士比亞的一個熟人被迫在樞密院作證，解釋「宮內大臣劇團」為

什麼要那樣做。他的說法——只是為了賺到額外多一點的錢——被接受。梅里克勳爵卻沒有這樣幸運。連同他其他支持叛亂的行為，他因為安排那場特別演出被判有罪，遭吊死和四馬分屍。

第2章

政黨政治

Party Politics

在一部很早期的三部曲中（大概是和其他劇作家合寫），莎士比亞追溯了從普通政治通向暴君政治的曲折途徑。如今，《亨利六世》在他的全部劇作裡是知名度較低，但卻是最早讓他成名的一齣，而它對一個社會是怎樣落得被暴君攫取有著銳利說明。

起點是王國中樞的脆弱。國王亨利六世仍然是個未經歷練的年輕人，從過早死去的父親那裡繼承王位，管理國家的重任由他叔父「護國公」漢佛萊公爵（Duke Humphrey）一手包辦。雖然這位護國公無私地奉獻於國事，但權力卻受到嚴重限制，也受到一群如狼似虎和追逐私利的貴族包圍。當這些貴族抱怨國王是個小孩子時，護國公拆穿他們的虛偽，指出他們最喜歡軟弱的統治者：「這樣一來君主便會像小學生那樣可以任你們擺佈。」（《亨利六世》上篇 1.1.36）中央的權力真空讓敵對派系有了操作和互相暗算的空間。但這樣的派系傾軋卻必須付出代價：沒有有利公眾的事情可以做得成，而敵對派系的敵意也尖銳化成為不共戴天的仇恨。

34

在連接倫敦兩家法學院的一個花園裡，兩個有權勢的貴族約克公爵（Duke of York）和薩默塞特公爵（Duke of Somerset）為一條法律條文的解釋發生了爭執。他們要求旁邊的人作出仲裁，但旁觀者卻審慎地婉拒介入。莎士比亞沒有指出他們爭執的是什麼法律條文，大概是因為他覺得這並不重要。重點在於雙方沒有妥協的意願，兩人都自信十足，認為自己提出的是唯一正確的解釋。約克表示：「真理明明是屬於我這方面，瞎子也能看得出的。」薩默塞特回應說：「在我這方面，真理是如此明白，如此明亮，如此明顯，即便映到盲人的眼裡，也會發光。」（2.4.20-24）雙方都不承認可能存在灰色地帶，不承認有時明理人之間一樣可能會意見不一致。兩人都認定，只有極端任性的人才會不承認「無可否認」的事實。

被困在一個僵局裡，他們甚至缺乏最輕微的調和意願。相反的，衝突從兩個個人和他們的依附者擴大到一個更大的範圍。約克宣稱：「凡是真正高貴出身無忝所生的人，如果以為我所陳述的為真理，請來和我一同從這棵玫瑰樹上

摘下一朵白玫瑰。」薩默塞特反擊說：「凡不是懦夫或獻媚之徒，敢於擁護有理的一方者，請來和我一同從這棵玫瑰樹上摘下一朵紅玫瑰。」（2.4.27-33）

現在旁觀者不再可能像一開始那樣保持中立。他們必須選邊站。

歷史上的約克和薩默塞特都是極為權大勢大的封建貴族，擁有私人軍隊和各有領地。《亨利六世》大可以把他們描寫得像是今日的阿富汗軍閥。不過它卻聚焦在政黨政治的起源和貴族對頭變成政治敵人的過程。莎士比亞並沒有按照我們的語彙描述這個過程，因為在他的時代，議會制度中還沒有出現後來在英格蘭和其他地方發展出來的政黨組織結構。不過他顯示的東西奇怪地讓人感到熟悉。玫瑰相當於政黨標記，區分開不對盤的兩造。一眨眼之間，一場法律爭論就變成了對白色或紅色的盲目依附。

因為政黨是由很多不同的人構成，我們是有可能想像，政黨可以減低它們領袖的敵意和鼓勵妥協。但在《亨利六世》發生的事卻適得其反：黨派歸屬才形成，每個人的憤怒程度就陡地升高。「你的論據在哪裡？」約克問道。薩默

塞特回答說，他的論據在他的劍鞘裡：他打算「把你的白玫瑰染成血紅色。」約克的怒氣不遑多讓：「我要和我的同道們永遠佩戴這無色的、含怒的玫瑰，作為我的血海深仇的標記。」（2.4.59-109）

在這場戲的一開始，華威伯爵（Earl of Warwick）在被要求對兩造的法律爭論表示意見時，曾有所保留。他說，他說得出來兩隻鷹哪隻飛得較高，兩條狗哪條吠得較大聲，但「在法律的細緻精微事情上」（2.4.17），他並沒有比一隻「寒鴉」聰明——英文中有「蠢如寒鴉」的諺語。不過到了這一幕將要結束、黨派之分已經成形時，他的拘謹消失了。他摘了一朵白玫瑰，預言說：

今日這場爭論，
在聖殿花園導致兩派分裂的局面，
將要把成千的人在紅、白標誌之下
送入死亡和恐怖的黑夜。（2.4.124-28）

雙方沒有再就法律條文的解釋展開新的爭論，而雙方的敵意看來也不是貪

婪或嫉妒作祟。但黨派仇恨似是有了自己的生命。突然之間，每個人都變得殺

氣騰騰，充滿潛在侵略性。情形就像是因為少了一個國王，那本來只是約定俗

成和無意義的符號突然同時加劇了群體團結和群體仇恨。

這仇恨是導致社會崩潰（最終又導致暴君統治）的原因的重要部分。它讓

敵對派系的聲音變得近乎不可忍受。你要麼是認同我，要麼是反對我──但如

果你反對我，我就會恨你，想要摧毀你和你的所有依附者。每個派系自然都會

追逐權力，但這種對權力的追逐變成了一種憤怒的表達：我渴望掌權是因為我

想粉碎你。憤怒會產生羞辱，羞辱會產生離譜的行為，而離譜的行為又會反過

來加劇憤怒的強度。一切都開始失去控制地盤旋上升。

國家並沒有馬上分崩離析。社會秩序仍然存在。漢佛萊公爵雖然陷入困

境，但仍然當家作主。與此同時，年幼國王已經成長為年輕人，能夠看出政黨

惡鬥所產生的重大危險。他說：「臣僚不和，好比是一條毒蛇，會把國家的心

臟給啃掉。」（3.1.72-73）他這話當然無比真確，不幸的是，他的語氣更像個愛說教的道德家而不像國王。亨利缺乏平息黨派惡鬥的一切條件：魅力、狡猾或不擇手段的決心，全都欠奉。

中樞的軟弱具有引誘性。約克把亨利的當政藐稱為「書呆子般的統治」（《亨利六世》中篇 1.1.256），千方百計爭取一個可以壓倒敵人的地位。他開始考慮奪取王位，也意識到其他人必然有一樣想法。為了登上大位，他必須摧毀任何潛在對手。這個時候，亨利因為殷切於調解貴族之間的敵對，讓他們上演一齣和解的戲碼。他說他們是「腦筋不清楚」，才會為了「無聊瑣屑的小事」鬧到這樣的地步。（《亨利六世》上篇 4.1.11-12）不過他太軟弱，能夠做到的不過是讓臣下在對抗法國人一事上表現出虛假的互相合作態度。

問題的一部分出在亨利太正派。他看不出來王后瑪格麗特（他娶來加強英格蘭海外領土主權的漂亮法國女貴族）一肚子壞水，而且和自大狂妄的薩福克侯爵（Marquess of Suffolk）有一腿。天真無邪的年輕國王信奉理性和核心的道德

價值，相信它們是任何男女都會遵守。

雖然自己才剛剛成年，亨利把不肯讓步的黨派領袖視為被寵壞的自私小孩，他們陷入的激烈鬥爭，讓他們無心理會一些真正重要的問題。

他對他們爭吵的高身段輕蔑，是完全可理解的，但那只讓事情更加糟糕。當有一些重要人事任命需要做出安排時（例如需要派人到法國管理英格蘭的領土時），亨利表示自己漠不關心。薩默塞特也好，約克也好，對於我都是一樣無所謂的。「眾位賢卿，在我看來，哪一個來擔當都是惡，或是對在他領導的機構表面下醞釀的危險有更清晰的了解，情況會好得多。

篇 1.3.100-101）但他的這種抽離態度只讓競爭更加白熱化。如果他能夠道出好（《亨利六世》中

唯一能夠抵擋混亂步步進逼的堡壘是護國公漢佛萊公爵。不過不讓人意外的是，教會和朝廷的野心份子合謀要把他扳倒。被誣告叛國之後，他設法要讓國王提高警覺。他告訴亨利，如果他的敵人願意在他被摧毀之後收手，那他甘

40

願放棄生命。不過，「只怕我的死亡僅是他們所要演出的戲劇的序幕，他們還有無窮的詭計，暫時還未露痕跡，不等到一一搬演出來，他們所計畫的悲劇不會結束。」（3.1.151-53）

亨利收到了警告，卻沒有能力救他這位主要的顧問和朋友。盛氣凌人的薩福克告訴議會，護國公「盛氣凌人，目空一切。」兇狠的紅衣主教博福特（Beaufort）指控漢佛萊「動輒為一些細故用酷刑把人處死。」（3.1.57-59）貪財的約克指控他貪污受賄。白金漢（Buckingham）則笑說，與漢佛萊即將被揭發的罪行相比，這些只是一些「小過錯」。壞心眼的王后瑪格麗特稱公爵為「失敗者」。（3.1.182）國王不相信這些指控──「我的良知告訴我你是無辜的」（3.1.141）──但卻沒有能力阻止一個接一個被發動的陷阱。當護國公被衛兵帶走時，亨利失魂落魄地離開議會，「揮著無用的淚水，兩眼模糊。」（3.1.218）

漢佛萊公爵的敵人心裡彼此忌恨，但他們至少有一個共通處⋯全都希望這

個唯一正直的人物——「自重、誠實和忠心的楷模」（3.1.203）——從眼前消失。由於他們知道自己指控漢佛萊的罪名是捏造，又由於他們害怕國王的愛護將會讓漢佛萊在缺乏真憑實據的情況下難以被定罪，他們決定謀殺他。雖然玩世不恭和冷酷無情，但卻不能公開承認他們想要消滅護國公是為了一己私利。相反的，他們宣稱此舉是為了國家和太易輕信別人的國王著想。詭計多端的王后哀嘆說亨利「充滿愚蠢的憐憫之心」（3.1.225），所以沒辦法看穿公爵的真面目。貪婪的約克補充說，讓漢佛萊擔任護國公就好比請飢餓的老鷹去保護小雞。薩福克則用找狐狸守護羊群作為比喻，指出這隻狐狸還沒有造成傷害這一點並不足以改變他是「狡猾殺手」的事實。所以，「在他的下巴尚未染上殷紅的鮮血前」，必須予以消滅。（3.1.254-60）

這些高階的政治人物是在玩一個奇怪的遊戲。他們之中沒有人有片刻相信，有必要殺死公爵是為了保護國王或拯救國家。他們說的每個字都是謊話，每個人都是把自己的主要惡行投射到被害者身上。既然他們不是身處大庭廣

眾，為什麼不直截了當說出自己的動機？

有幾個可能的解釋。首先，他們全是政治人物，所以本能上就是不忠實。對莎士比亞來說，「政治人物」幾乎就是偽君子的同義詞（李爾王憤怒地說：

「你還是去裝上一副玻璃眼珠，像一個卑鄙的政治人物那樣，假裝能夠看見你所看不見的事情吧。」（《李爾王》4.6.164-66））其次，他們互不信任，所以不知道自己在房間裡說的話會不會被傳出去。第三，他們每個人都暗暗希望，自己的謊言可以騙得了其他人。第四，假裝自己是正派可以讓他們的自我感覺比較良好。第五，他們全都相當警惕，提防他們之中有人對陰謀有至少一點點保留——若有，就有可能導致陰謀解體。他們希望每個人都在同一條船上。

當所有人都明顯沒有任何保留之後，紅衣主教博福特自告奮勇負責必要的安排。「這件事只要你們表示同意和贊成，」他說，要求最後一次的確認，「劊子手由我來找。」然後又假惺惺地表示：「我對王上的安全實在是太不放心了。」（《亨利六世》中篇 3.1.275-77）得到每個人的同意後，他做了自己

43　政黨政治

答應做的事：漢佛萊公爵被迅速解決，由紅衣主教僱用的殺手勒死在床上。兇手謹慎營造出死者是自然死亡的假象，但屍體的情況卻透露出事情另有蹊蹺。華威伯爵注意到漢佛萊死狀有異：

雖然他們小心翼翼，但這群同謀者沒能隱藏起他們的罪行。

臉上發紫，充滿了血；眼珠暴了出來，像一個吊死的人那樣可怕地瞪著；他的毛髮聳立，鼻孔張著，像是經過了一番掙扎；他的雙手向外伸張，分明是做過垂死的搏鬥，後來被強力所制服……毫無疑問，他是被謀殺的。（3.2.168-77）

國王如喪考妣，而憤怒的老百姓——他們一向愛戴正直的漢佛萊公爵——要求懲罰兩個最有可能的元兇：薩福克和紅衣主教博福特。雖然王后求情，但國王還是下令放逐薩福克（他後來在海上被海盜殺死）。紅衣主教則生病而

44

死，死前狂亂讚揚那個被他下令謀殺的人。

但傷害已經造成，國家搖搖欲墜。雖然薩福克和紅衣主教在殺死護國公一事上出力最多，但有著狼子野心的約克也是一股靜悄悄的力量：「我的頭腦比結網的蜘蛛更加忙碌，我要織成羅網來捕捉我的敵人。」（3.1.339-40）身為國王愛德華三世的後人，約克位居地位階層的最頂層，也以自己的皇室血統為傲。然而，正是這個痴迷於地位的人為了促進自己的野心，把一個新的元素引入了紅玫瑰和白玫瑰的政治鬥爭。

直到目前為止，推進到一半篇幅的《亨利六世》對身處底層的老百姓極少著墨。政治幾乎完全是精英階層的事務，他們彼此算計，而無名的大眾——僕人、士兵、衛兵、藝匠和農人——則處於陰影之中。然而，突然之間，演員表改變了。約克看出了跟卑微和受忽略底層階級結盟的機會，一把抓住。我們知道，到目前為止看不見和沉默的窮人充滿憤怒。政黨戰爭不知恥地利用階級戰爭，目的是製造混亂。這混亂為暴君奪取政權架設好舞台。

第3章

冒牌民粹主義

Fraudulent Populism

在描寫暴君的崛起時，莎士比亞指出，他那時代的地主階級對大眾和民主極度鄙夷，不認為那是一種可存活的政治制度。民粹主義也許看似擁護窮人，但事實上那是一種寡廉鮮恥的剝削方式。肆無忌憚的約克對於改善窮人的命運並不感興趣。從出生之日起就錦衣玉食，喜好的是極度奢華，沒有什麼東西比低下階層的生活更加讓他感到陌生。事實上，他鄙視他們，討厭他們呼出的氣味，害怕他們攜帶的病菌，認為他們愚蠢、沒有價值和隨時可犧牲。不過他也看出他們可以被用來促進他的野心。

事實上，不管是善良的國王還是有原則的公僕漢佛萊公爵，都不明白國家底層人民的心態。約克的機靈之處在於看出最窮的窮人沸騰著怒火，可堪利用。他沉思說：「我要在英格蘭掀起一場墨黑的暴風雨，直到那黃金的王冠落到我的頭上」，像那場狂飆平息。他透露，他找到了一個最理想的代理人：「我已經蠱惑了一個肯特郡的魯漢，名叫約翰·凱德（Jone Cade）。」（《亨利六世》中篇 3.1.349-57）

約翰‧凱德（又名傑克‧凱德）在歷史上真有其人。我們對他所知不多，只知道他出身低下階層，曾在一四五〇年發起一場反對英格蘭政府的血腥群眾起義，但迅速被殘酷鎮壓。為了塑造這個角色，莎士比亞從史書找來一些材料（包括凱德得到約克祕密資助的說法），結合其他農民起義的一些特徵，再用自己生動的想像力補充細節。

約克公爵理查‧金雀花（Richard Plantagenet）一點都不關心他那個被他引誘進來促進他野心的低賤人的最後命運，也不關心那些他打算煽動起來的襤褸群眾。不過他對凱德的觀察很仔細，看出凱德有一些特質也許會對他有用。其中包括驚人的耐痛能力，也因此肯定不會洩漏兩人的關係：

逼他招出是我主使。（3.1.376-78）

我知道任何酷刑都不可能

如果他被捕，受到拷問刑求，

保守祕密至關重要：如果這位權大勢大的貴族被發現是群眾起事的教唆者，將會很不好玩。

這場起事帶來了比約克預期中更大的風暴。暴民聚集在倫敦近郊的黑草原（Blackheath）。集結他們的凱德證明了自己是個有效的煽動家，是個巫毒經濟學（voodoo economics）的大師：

以後在英格蘭，本來賣三個半便士的麵包只賣一便士，三道箍的酒杯將有十道箍。我將要規定喝淡啤酒的人為有罪。國家將會變成公有公享……貨幣將會取消，大家的吃喝都歸我承擔。（4.2.61-68）

當群眾喝采叫好時，凱德說的話十足像個現代的公職候選人：「好百姓們，我謝謝你們。」（4.2.167）

這些競選承諾的荒謬性並不會減損它們的效力。正好相反：雖然他反覆瞎

50

掰自己出生世家和開一些空頭支票，群眾總是熱情相信。他的鄰居當然知道他是一個慣性的騙人精：

凱德：我母親是金雀花家族的千金……

肉販（在一旁說）：我跟她很熟識，她是一個接生婆。

凱德：我妻子是雷西家族的後人……

肉販（在一旁說）：的確，她是一個小販的女兒，賣過不少蕾絲。

（4.2.39-43）

荒謬的貴族家世自誇本來應該讓他看起來像個小丑。他不只不是出生在名門望族，反而不過是個流民。他的一個支持者低聲說：「我親眼見過他連著三天在市集上挨到鞭打。」（4.2.53-54）但奇怪的是，這種知曉並沒有減低群眾對他的如痴如醉。

我們有理由相信，凱德也許會認為，他明顯捏造的事情有朝一日將會確實發生。因為對真理漠不關心、厚顏無恥和自信過度膨脹，這位口沫橫飛的煽動家進入了一個狂想國度（「當我當上國王——我一定會當上國王」），而他也邀請他的聽眾進入同一個魔幻空間。在那個空間裡面，二加二並不等於四，而最新一個斷言也不會被記得是牴觸幾秒鐘之前作出的另一個斷言。

平常，當一個公眾人物說謊穿幫或表現出對真理公然無知，地位就會動搖。但此時並不是平常。如果一個持平的旁觀者指出，凱德所說的話盡是扭曲、謬誤和謊話，群眾的憤怒將會落在懷疑者而不是凱德身上。在凱德其中一次演講結束後，群眾中有個人高聲說道：「第一件該做的事，是把所有的律師殺光。」（4.2.71）

莎士比亞知道這句台詞一定會引起笑聲，而它在後來的四百年也確實一再引起笑聲。它釋放出觀眾對整個法律領域的不滿情緒，針對的不只是金錢掛帥的律師，還是所有讓合約得以切實履行，以及讓債務得以切實償還的龐大社會

機器的操控者。我們本來快樂地想像群眾希望他們的領袖具有這一類負責任的品格，但這一場戲透露出情況並非如此。他們想要的是被批准可以不理會契約、違反承諾和不遵守規則。

凱德剛開始含糊其詞地談到「改革」，但他的真正吸引力來自全盤破壞。他呼籲追隨者搗毀倫敦法學院和律師學院，但這還只是個開頭。他的一位主要支持者請求說：「我有一事懇求大人：英格蘭一切法律但憑你說了算。」（4.7.3-7）凱德回答說：「我有這樣想過，就這麼辦吧。去，去把國家的檔案全燒掉。今後我的一張嘴就是英格蘭的議會。」（4.7.11-13）

正是在這種摧毀中，尋常百姓會失去他們僅有的權力：透過在議會選舉中投票所表達的權力。但他們不在乎。對凱德的殷切支持者來說，這種受到時間洗禮的代表制度毫無價值。他們感到它從來沒有代表**他們**。他們的夢想是撕毀所有協議、取消所有債務和推翻既有制度。倒不如讓法律是出於獨裁者之口。

雖然他自稱是金雀花家族的一員，老百姓卻認得他是自己人。群眾完全知道他

是個騙子。不過雖然他唯利是圖，卻能夠清晰表達他們的夢想：「從今以後所有東西都是公有共享。」（4.7.16）

凱德的慷慨激昂辭令代替了自己底細的任何透明度，或實現這個或那個重大承諾的決心。他的追隨者沒有要求他言出必行，反而滿足於聽他批評所有的契約：「他們把無辜的小羊宰了，用牠的皮造成羊皮紙，這是多麼豈有此理！在羊皮紙上亂七八糟的寫上一堆字，就能把一個人害得走投無路，那又是多麼混賬！」（4.2.72-75）「亂七八糟地寫上一堆字」這句話既荒謬（不然法律文件又會是什麼樣子？）又狡猾。凱德在窮人身上激起了一種被排除、被鄙夷和微微羞愧的感覺。一直以來，他們被排除在一個越來越要求擁有一種祕傳技術的經濟體之外，這種祕傳技術就是讀寫。他們沒有幻想自己能夠掌握這種新技術，他們的領袖也不會主張要讓他們受教育。他們受了教育反而不符合他的目標。他真正想要的是操弄窮人仇恨會讀書寫字的人的心理。

群眾很快就抓住一個書吏，並給他安上一個罪名：「他能寫能讀。」事實

54

上，他的指控者指出：「我們抓到他的時候，他正在給孩子們寫字帖。」（4.2.81）凱德對書吏進行審問：「你都是為自己簽名呢，還是像個一般老百姓那樣，用畫押代替簽名？」（4.2.92-93）如果這個書吏知道利害所在，就會堅持自己是個文盲，都是用畫押代替簽名。但他卻沒有這樣說，反而為自己懂得寫字感到自豪：「老爺，我感謝上帝，我受過良好教育，能寫自己的名字。」「他認了！」群眾怒吼說。「把他帶走！他是一個壞蛋，是個叛徒。」凱德呼應群眾的要求下令說：「把他帶走！吊死他，把他的筆和墨水壺掛在他的脖子上。」（4.2.94-99）

凱德緬懷小孩子「為了贏法國克朗」而玩投幣遊戲的時代，當時的英格蘭「還沒有斷了腿，需要靠枴杖走路。」（4.2.145-50）他指出英格蘭在沒有被弱雞帶入歧途以前，曾經讓敵人在它的權勢前面顫抖，這樣威風凜凜的狀態現在必須加以恢復。他承諾會讓英格蘭再次偉大。要怎樣做到這個？他馬上向群眾顯示方法：攻擊教育。受過教育的精英階級一直背叛人民。這些賣國賊將會受

到審判，但不是透過法官和律師進行，而是透過領袖和群眾的一問一答。財政大臣賽伊勳爵（Lord Saye）因為「會說法語，所以是賣國賊。」（4.2.153）這完全有道理：「法國人是我們的敵人……那麼，我只問你們這一點：會說敵人語言的人能不能做一個好大臣？」群眾聲如雷鳴地回答：「不能，不能！所以我們一定要他的腦袋！」（4.2.155-58）

當暴民衝破倫敦的防衛，湧入城中抓住這個賽伊勳爵時，凱德感到志得意滿。他手中握有國家的最高財政官員，那是他發誓要抽乾的沼澤的象徵（這位煽動家實際使用的比喻較日用家常一些：「我是一把掃帚，要把你這種垃圾從宮廷中掃除。」（4.7.27-28））在群眾的熱烈附和聲中，他列舉他的囚犯的每一項罪狀。他指控賽伊勳爵做了比放棄諾曼第送給法國更可惡的事情：

你居心不良，辦什麼文法學校來腐敗國家的年輕人。以前我們的祖先都是靠在棍子上面刻道道兒計數，沒有什麼書本兒，你卻想出印書的

辦法。你還違反王上和皇家的尊嚴，蓋了一座造紙廠。（4.7.28-33）

所以促進人民的教育成了賽伊的最大罪狀。凱德還提出輔助證據：「我要逕自向你指出，你任用了許多人，讓他們大談什麼名詞呀，什麼動詞呀，以及這一類的可惡的字眼兒，這都是任何基督徒的耳朵所不能忍受的。」（4.7.33-36）

這些描寫當然是為了讓我們覺得荒謬，也是為了博取我們的笑聲。不過莎士比亞在這裡也道出了一些吃緊的事情：煽動家的論調當然是十足荒謬，但它們並不會因為可笑而減少絲毫的威脅性。凱德和追隨者不會因為傳統的政治精英和所有受過教育的民眾都認為他們是蠢才而開溜。

凱德明白自己的權力基礎——這一點顯示在緊接著他那番有關名詞和動詞的渾話之後。他指控賽伊勳爵：

你還任用了許多司法官，他們動不動就把窮人們召喚到他們面前，把

一些窮人們無法回答的事情當作他們的罪過。你還把窮人們關進牢房，只是因為他們不識字，你甚至還把他們吊死，可是正因為他們不識字，他們才最有資格活下去呀。（4.7.36-41）

某個意義下，這只是凱德的又一個胡謅：主張罪犯因為不識字而應該寬恕乃是十足荒謬。但這個荒謬會讓人笑不出來，因為莎士比亞在前面已經用大量事例顯示過，有錢和出身好的人可以逃脫謀殺罪。此外，莎士比亞的觀眾充分意識到他們時代的法庭允許所謂的「神職人員特權」（benefit of clergy）：因為偷竊或謀殺而被判死刑的人如果能夠證明自己識字，就可以被移送到一個沒有死刑的司法系統中受審。所以凱德指控法律專門吊死不會讀寫的人之說完全正確，道出了整個法律系統向著受過教育的人強烈傾斜。

這就不奇怪凱德有一個低下階層仇恨情緒的無底深潭可以仰仗，也不奇怪那些加諸他和他的追隨者的鄙視只會助長這種仇恨情緒。皇家軍官斯塔福爵士

（Sir Humphrey Stafford）這樣痛罵暴民：「反叛的賊徒們，你們是肯特郡的人渣垃圾，早就該上斷頭台了。快些放下你們的武器，回你們的茅屋去！」（4.2.111-13）稱他們為「人渣垃圾」只突顯出他們的領袖對他們的尊重有多高。凱德告訴他們：「好百姓們，我還是對你們說幾句。我不久就要治理你們，因為我是王位的合法繼承人。」聽他又撒了一個大謊，斯塔福忙不迭揭穿他：「壞蛋，你父親不過是個泥水匠。」對此，凱德回應說：「亞當也不過是個園丁。」（4.2.121-23）

這個回答不是牛頭不對馬嘴。凱德的話典出十四世紀晚期農民革命的一句口號：「當亞當耕田夏娃織布時，紳士淑女何在？」農民領袖波爾（John Ball）把這句煽動性口號的意義明說出來：「在天地初開之時，所有人是生而平等。」在革命中，造反者焚燬法庭檔案、打開監獄和殺死皇家官員。

莎士比亞轉而描寫凱德的起事在有產階級之間引起的恐懼和憎恨。起義農民有著類似於柬埔寨波爾布特（Pol Pot）的兇殘願景：他們的目標不只是摧毀

高階層的貴族，還是打倒一整個國家受過教育的人口。一個受到驚嚇的觀察者指出：「他們說一切學者、律師、大臣和紳士都是蠢蟲，都該處死。」（4.4.35-36）普通百姓一直受到剝削和奴役，現在是他們奪取自由的時候了。

凱德承諾「不放過任一個貴族或任一個紳士」，呼籲他的支持者「除了鞋掌加釘子的人以外，誰都不饒過。」（4.2.169-70）鄉村窮人沒有加入都市群眾的起義行列。正如凱德指出的，鄉村農民「都樂意跟著我們跑，只不過沒有膽量出頭罷了。」（4.2.172）他們是對抗識字者的戰爭的同道中人，而且如果他們有勇氣的話，將會對這道對賽伊勳爵之流談吐文雅之士下的命令拍手稱快：

「走，把他帶走，我說，立刻砍下他的腦袋。然後再衝進他女婿克羅麥爵士家裡，也砍掉他的頭，然後把他倆的頭插在竿子上，帶來給我看。」（4.7.99-101）

當他的命令被執行，兩個人頭按照吩咐拿到他面前的時候，凱德炮製了一齣有施虐癖的政治喜劇。他下令說：「讓他們親個嘴巴，因為他們活著時深愛

60

著彼此。」然後他又用典型見於他這一類煽動家的殘忍挖苦補充說：「現在分開他們，以防他們商量再放棄多一些位於法國的城鎮。」(4.7.119-22)

凱德立志成為一個暴君，而且是一個富有的暴君⋯⋯「除非向我納貢，否則這國家最高貴的貴族一樣不能把腦袋留在肩膀上。」(4.7.109-10) 他還想像自己有權和任何他碰得著的女人睡覺。有一段時間，他成功激起追隨者的瘋狂破壞欲望：「往魚街去！轉過聖麥格納斯街的街角！殺掉他們，幹掉他們！把他們扔到泰晤士河裡！」(4.8.1-2) 但他沒有組織能力，也沒有政黨可以依靠。更重要的是，他只是陰險的約克公爵的工具。

到了時機成熟，朝廷照抄凱德的招數，透過迎合暴民的愛國情感和搶劫夢想把他們誘導到一個不同的方向：「到法國去，到法國去，拿回你們的損失！」凱德受到起義群眾離棄，獨自逃命。他這樣詛咒那些曾經追隨他的人：⋯⋯

我原以為你們在恢復自古相傳的自由權利以前絕不會放下武器，可你

們全是些膽小鬼、可憐蟲，喜歡在貴族手下當奴隸。讓他們壓斷你們的脊樑，霸佔你們的房屋，當著你們的面姦淫你們的妻女吧。

（4.8.23-29）

當我們下一次看見凱德時，他是一個餓著肚子的亡命之徒，偷偷闖入了一個菜園，「看能不能找到草吃，或是撿到一棵生菜」。（4.10.6-7）菜園主人輕易就用手上的劍把這個衰弱的造反份子送上西天，然後把他的屍體拖到糞堆，「讓糞堆做你的墳墓。」（4.10.76）

國王亨利鬆了一口大氣，但就在他得知凱德垮台的幾乎同一時間，也傳來了約克正率領一支愛爾蘭軍隊向國王駐紮地逼近的消息。約克非常聰明，在尚不夠強大時一直隱藏自己的居心，但他在獨白中清楚表明，沒有王位以外的任何東西能夠讓他滿足。接下來是一系列的複雜事件，除對法戰爭外又夾雜著國內的陰謀、背叛和暴力。最後是兩個政黨——紅玫瑰黨和白玫瑰黨、蘭卡斯特

62

派和約克派——的全面開戰。

這場戰爭標誌著基本價值崩潰，為暴君的崛起鋪平了道路。崩潰的種子早見於約克和薩默塞特的爭論，他們對於一條雞毛蒜皮法律條文的見解不合迅速升級為激烈的謾罵。這種敵意因為政黨政治的出現而激化，然後透過約克的暗中運作而導致漢佛萊公爵的被謀殺和凱德的造反。但內戰讓一切化暗為明，各個主要政治人物不再隱藏自己的最高野心或把自己的施虐癖衝動交由下屬去執行。自此而下，劇情變得複雜無比，讓《亨利六世》三部曲的下篇變得出了名的難演。不過有幾件事情非常顯著。

首先是混亂程度的升高讓權力鬥爭的結果變得完全不可預測。當約克以藏鏡人的方式運作並透過凱德之類的代理人貫徹意志時，他看來幾乎刀槍不入。然而他一旦曝了光（他一度坐上王位，只不過迅速被迫下台），他和家人都成了敵對派系的直接靶子。他的敵人俘虜並殺害了他的十二歲兒子。沒多久，他們又捉到了約克本人，給了他一條沾滿他兒子鮮血的手帕作為嘲諷，然後給他

戴上一頂紙王冠才把他刺死。這樣一種邪惡的殘忍是他自己幫忙釋放出來和正當化，也讓這個立志成為暴君的人走上末路。

其次，絕對統治權的夢想並不是單一個人的目標：在該時代的政治概念中，它是一種王朝的野心，一種家族的事務。在一個權力傳統上是由父親傳給長子（沒有長子的話則是傳給長女）的時代，暴君會模仿被他們取代的君主，企圖鞏固自己繼承人的權力。即便是在繼承問題完全由投票決定的民主制度裡，王朝的野心仍然昭然可見。況且，除了自己家人之外，又有誰能讓永遠都有不安全感的暴君信得過？

但家族利益只是莎士比亞描寫的持續動盪中的一個因素。這場動盪同樣是政黨政治的一個結果，而這種政治由白玫瑰和紅玫瑰作為象徵。約克的死對他的黨而言是重大打擊，但導致合法君主被摧毀的鬥爭並未因此結束。約克派找來約克的兒子愛德華當新的領袖，竭盡所能伸張他的權力主張。

因為決心不惜一切代價奪權，約克派與國家的傳統敵人祕密接觸。英格蘭

64

和位於海峽對岸那個國家的敵意——這敵意始終受到主張英格蘭應恢復在那裡的領土的過激愛國主義談話助長——突然消失了。約克派——一度代表它的凱德曾聲稱要把使用法語定為叛國罪——與法國展開了一系列祕密談判。這些談判在名義上是要透過王朝聯姻消除兩國的敵意，但它們（正如王后瑪格麗特所說的）乃是「出於實際需要的一種欺騙手段。」（《亨利六世》下篇 3.3.68）

為了讓愛德華‧金雀花登上王位，約克派設法擴大他的權力。他仍然缺乏推翻亨利的力量，但他的黨不放過任何壯大自己的機會，乃至不惜背叛國家。約克派一向不斷哀嘆國家把那麼多領土丟失給可恨的法國，並激烈地把責任歸咎亨利，但現在，他們卻突然對敵人表現出「仁慈和真誠的愛」。（3.3.51）像塔爾博特（Talbot）那樣的熱情愛國者無可救藥地相信國家的利益要高於個人利益，但不信任人性的瑪格麗特王后要了解得更清楚：「如果不在國外勾結強大的盟友，篡位的人要如何安然統治國家？」（3.3.69-70）

第四，合法、溫和的領袖不能指望民眾感激或支持。在國家陷入人人為所

欲為的混亂狀態中，約克派的明顯背叛原則並沒有引起多少憤慨。在別的時候，也許會引起叛國指控的行為現在被視為天經地義。既然叛國不再會受到懲罰，有德亦不能指望會得到獎賞。希冀這種獎賞大概總是一個幻覺：有德的統治者從來不應該指望人民感恩戴德。這一點在凱德的叛亂中被證明過，到了內戰之時更是明明白白。在亨利六世失位不久之前，曾自信地表示，他的子民一定會支持他，因為他總是一個公正、有愛心和溫和的國王。他確實是公正、有愛心和溫和，只不過，他以為這可以為他贏得民眾的支持卻是大錯特錯。他撫心自

問：

人民有所要求，我不曾充耳不聞。他們有事請願，我不曾延宕推託。我的憐恤好比香膏能醫治他們的創傷，我的溫和減輕他們心頭的苦痛，我的慈祥止住他們汩汩的淚水。我從來不貪他們的錢財，從來不對他們橫征暴斂，他們有了錯誤我也不急於懲罰。那麼他們為什麼會

66

然而到了見真章的時候，也就是到了那場決定約克派會不會成功奪權的戰爭開

打時，群眾並沒有奮起支持有德的亨利。首先是他的兒子和繼承人被約克的幾

個兒子所俘虜並殺害，然後輪到他自己死於葛羅斯特公爵（Duke of Gloucester）

理查之手──理查是約克諸子中最冷酷無情的一個。約克派的領袖愛德華・金

雀花登基為王。

　　第五，國家在大騷亂之後回復秩序的表象也許只是一種錯覺。和父親約克

相比，愛德華是個較為溫和的人物，不那麼熱中絕對的權力，一心只想著「舉

行盛大慶典和滑稽表演消磨時光。」（5.7.42-43）他希望透過把國家帶回到一

種正常狀態的假象，讓所有人忘記他們幾乎還沒有走出的夢魘。抱著這種遺忘

精神，他形容他的黨派所引起的流血事件為「惱人煩事」。他愉快地宣布，所

有威脅已經消失：「我們已經把王座的疑懼一掃而空，也讓我們的腳凳得到穩

愛愛德華甚於愛我呢？（4.9.7-15）

固。」（5.7.13-14）

用新國王的最後一句話來說，國家的一切都已愉快地恢復平穩了：「我希望我們的長久快樂由現在開始了。」（5.7.46）不過在莎士比亞的玫瑰戰爭三部曲結束時，觀眾知道，愛德華預期的長久快樂將絕不長久。愛德華一黨的勝利，和他之所以得到王位，主要是歸功兩個弟弟：克拉倫斯公爵（Duke of Clarence）喬治和葛羅斯特公爵理查。不錯，喬治在內戰期間一度有所猶豫，曾經短暫地站在蘭卡斯特派一邊，但最後還是回到約克派的陣營。理查則從來沒有動搖，亨利六世亦是他親手所殺。不過當亨利在他腳下流血而死時，理查的自言自語清楚表明，他只會對自己效忠誠。「我沒有兄弟，」他說。「我是孤家寡人。」（5.6.80-83）一個新的暴君蓄勢待發了。

68

第4章

事關人品

A Matter of Character

莎士比亞的《理查三世》精采地發展了《亨利六世》三部曲已經勾勒過的

有志為暴君者的人格特徵：無邊的自大，違法亂紀，樂於製造痛苦，有著宰制他人的衝動性欲望。這種人病態自戀和無比狂妄。他有一種肥大的權力意識，從不懷疑自己有權做自己想做的事。他喜歡大聲發號司令，看著底下的人慌慌忙忙執行命令。他要求別人對他絕對忠誠，但他自己卻缺乏感激的能力。他視別人如無物。他沒有天生的寬厚，不具有共通的人性，不知基本道德為何物。

他不只對法律漠不關心，還痛恨法律，以違法亂紀為樂。他痛恨法律是因為法律會擋他的路，也是因為法律代表的公共利益觀念為他所鄙視。他把世人區分為贏家和輸家兩種人。贏家會得到他的尊重，前提是他們能為他所用；輸家只會引起他的不屑。只有輸家愛談公共利益，他自己愛談的是勝利。

他生來就萬貫家財，又揮金似土。雖然他以花錢為樂，但這還不是最讓他過癮的。最讓他過癮的是壓迫別人的樂趣。他是個惡霸。他輕易就會勃然大怒，痛擊擋在他路上的任何人。他樂於看見別人因為痛楚而蜷縮、顫抖。他有

70

看出別人弱點的天份，擅長於挖苦和侮辱。這些技能吸引到喜歡享受同一種殘

忍快樂的人的追隨，哪怕他們瞠乎其後。雖然追隨者明明知道他是危險人物，

仍然幫助他實現目標：奪取最高權力。

他擁有的權力包括宰制女人，不過，他鄙夷女人要遠多於渴望女人。性征

服讓他覺得刺激，但只是因為那證明了他可以得到任何他想要的東西。他知道

那些被他佔有的女人恨他。因此，不管在政治或性方面，一旦成功控制了對他

極具吸引力的事物，他知道幾乎每個人都恨他。起初這種知識讓他活力十足，

讓他熱烈對對手和陰謀提高警覺。但不多久，它就會耗損他，讓他筋疲力竭。

或遲或早，他都會被打倒。他會在無人關愛和無人哀悼的情況中死去。他

留下的只是一片狼藉。理查三世如果從未出生會對世界更好。

莎士比亞塑造理查三世根據的主要素材是湯瑪斯・摩爾（Thomas More）和

後來都鐸時代編年史家所寫的高度有偏見性的記載。但理查的病態心理是從何而來？在莎士比亞看來，這位暴君一直受到自己的醜陋外表折磨：他的身體是那麼的畸形，乃至在出生的那一刻就讓人感到噁心或恐怖。「當時接生婆一驚，女人們都叫喊：『耶穌保佑我們啊，這孩子生下來就滿嘴牙齒！』」（《亨利六世》下篇 5.6.74-75）他自忖說：「我確實是嘴裡長牙，這顯然表示，我生下來就應該像一條狗那樣亂吠亂咬。」

理查生來便有的牙齒充滿象徵意義，被他用來解釋自己的人生，也被別人添油加醋。他的小姪子約克隨口說：「據說我叔叔長得好快，才生下兩小時就能啃麵包皮。」（《理查三世》2.4.27-28）約克的祖母（也是理查的母親）約克公爵夫人問道：「你是聽誰說的？」小孩回答：「他的奶媽。」（2.4.33）「如果不是她，我就不知道是誰告訴我的了。」（2.4.34）理查的童年往事已經成為傳奇。

理查提到了接生婆和一群侍女的反應，不過我們很容易就會猜想，有關他

不吉利的誕生情形，主要是由他媽媽傳開。約克公爵夫人明顯喜歡給兒子和任何其他人講他有多難生，以及他身體有哪些讓人反感的特徵。她反覆提到的一點是生他讓她「疼痛難當，飽受煎熬。」（《理查三世》四開本 4.4.156）這一點也成為了那些不忌諱說出心中想法的人指責理查的理由。倒楣的亨利六世在被理查抓住之後這樣提醒他：「你媽生你時比一般產婦吃了更大的苦，可是生下的孩子卻比任何孩子更使做娘的失望。你生來奇形怪狀，簡直不像好人家的兒女。」（《亨利六世》下篇 5.7.49-51）當這位被俘虜的國王進而談到牙齒的事時（「你一下地就滿口是牙，可見你生來就要吃人。」），理查受夠了，高聲喊道：「我不要聽了！」然後一刀把亨利刺死。（5.7.53-57）

就像他四周的人慢慢看出的那樣，理查的心靈出了嚴重問題。即使他自己也承認（哪怕只是對自己承認），他飽受內在騷亂折磨。為了解釋他的道德和心理畸形，他的同時代人訴諸他的身體畸形：他們稱之為駝背的脊椎扭曲（現在會稱為「脊柱後凸」）。在他們看來，這種體徵就像是老天用來標示他的內

在毛病的外在符號。理查本人表示同意：「老天爺既然把我的身體造得這樣醜陋，就請閻王爺索性把我的心思也變成邪惡，那才內外一致。」（5.6.78-79）

感受不到一般人會有的感情（他說：「我既沒有憐憫之心，也沒有愛或恐懼。」），他積極扭曲自己的思想去配合自己扭曲的身體。

莎士比亞並沒有反駁當時人認為身體畸形標示著道德畸形的想法。他容許觀眾相信有一種更高力量──不管是造化還是上帝──會讓壞蛋的壞心眼有一個外顯的標誌。理查的身體畸形是他邪惡心思的一個超自然徵兆或象徵。不過，有違自己時代的主流看法，莎士比亞堅持主張，把上述說法反過來一樣為真。也就是說，理查的畸形──更正確的說法是社會對他畸形的反應──乃是他的病態心理的根本原因。這種病態心理完全不是自然而然：並不是所有脊椎扭曲的人都會變成狡猾的劊子手。莎士比亞倒是認為，一個不被母親所愛、受到同儕取笑和被逼著把自己視為怪物的小孩，一定會發展出某些心理補償策略，而這些策略的其中一些兼具摧毀性和自毀性。

74

理查看著哥哥愛德華把一個有吸引力的女人把到手。這明顯是他以前目睹過（愛德華出了名的有女人緣），也讓他忿忿不平。他沉思說：

還在娘胎的時候，愛神就已經把我拋棄。為了使我不能在風流陣中一顯身手，她買通造化（Nature），把我一條手臂皺縮得像根枯枝，在我的背上堆起一座可厭的山峰，畸形醜態在那裡高踞著，取笑我的身體。我的兩條腿一長一短，身上每個部分都不勻稱。（《亨利六世》下篇 3.2.153-60）

他相信，他能夠取得愛情的成功乃是不可想像：沒有一個女人會愛他的畸形身體。不管他人生中能夠奪得什麼樣的歡樂，都不可能讓他「在一個女士的大腿間享受天堂。」（3.2.148）不過有一個方法可以補償他這種痛苦的損失：霸凌擁有他所缺乏的那些自然天賦的人。

作為約克公爵最小的兒子和當朝國王愛德華四世的弟弟，理查身處社會階層的近頂端。他知道別人都在他聽不見的時候取笑他，稱他為「蟾蜍」和「豬公」。但是他也知道，高貴的出身讓他對身分比自己低下的人擁有近乎無限的權威。當他下令的時候，他希望別人馬上遵從。有一次，遇到被殺國王的出殯隊伍時，理查下令抬棺的紳士和他們的武裝侍從馬上停下腳步，把棺木放在地上。見他們拒絕，他怒不可遏，痛罵他們是「壞蛋」、「無禮的狗東西」和「奴才」，威脅要殺死他們。（《理查三世》1.3.36-42）他崇高的社會地位和充滿自信的態度讓出殯隊伍為之顫抖，最終服從他的命令。

任意擺佈他人有助於支撐理查受傷的自我形象，抵擋被拒絕的傷痛，讓他可以抬頭挺胸。在他看來，他的身體除了受到別人取笑，還老是受到自我取笑。他把自己的身體比作「一團混亂」。（《亨利六世》下篇 3.2.161）運用權力——特別是運用會讓別人方寸大亂的權力——可以減少他的混亂感。至少他是這樣希望。重點不在於逼別人就範（雖然這也很快意）：特別有樂趣的是

別人誠惶誠恐的樣子。

就像莎士比亞所刻畫的，理查清楚知道他的身體畸形、心理畸形和終極政治野心的關係：

我在世界上既然找不到歡樂，而我又想凌駕容貌勝於我的人之上，就不能不把幸福寄託在我所夢想的王冠上面。（3.2.165-68）

以讓人厭惡的方式，他對自己的理解異常清晰。他知道自己是什麼感覺、缺乏什麼和需要得到什麼才能夠感受歡樂。絕對權力——擺佈所有人的權力——是這種快樂的極端形式。事實上，也只有這種天堂般的滋味能夠滿足他的需要。他宣布：「在這我一生中，直到我把燦爛的王冠戴到我這醜陋軀體上端的頭顱上以前，我把這個世界看得如同地獄一般。」（3.2.169-71）

理查清楚知道自己的野心只是一廂情願的空想。他哥哥愛德華有兩個年幼

的兒子作為王位的直系繼承人，而且即便兩個小孩都湊巧夭折，二哥喬治的繼位順位也是排在他前面。總之，理查和他夢想的王冠之間隔著巨大鴻溝：

我對王位的企圖只怕是一場夢，好似站在高崗上的人瞭望遙遠的海洋對岸，恨不能在那邊徜徉閒步，可是那對岸畢竟是可望而不可及，他只能埋怨那從中阻隔的海洋，立志要將海水排乾，開闢一條直達對岸的大道。（《亨利六世》下篇 3.2.134-39）

這個扭曲的人夢想自己有朝一日會擁有擺佈每個人的權力，因而讓不被愛和不平衡的身體得到補償。這種想法帶有萬般無奈和可憐兮兮的味道。他沮喪地承認自己就像「一個在荊棘叢中迷路的人」，一面被荊棘刺傷，一面苦苦尋找出路。

在這樣的情況下，理查最主要的武器正是其野心的荒誕不經本身。沒有任

何頭腦正常的人會疑心他認真覬覦王位。他自信擁有一種特別和不可少的本領：騙人。他自鳴得意地這樣思忖：

我有本領裝出笑容，一面笑著一面殺人。我能對使我痛心之事高呼「同意」，用虛情假意的眼淚沾濡我的兩頰，隨機應變地裝出需要的臉孔。（3.2.182-85）

他是個有著極高天份的騙子。

在《理查三世》開篇的獨白裡，理查提醒觀眾《亨利六世》三部曲止於何處：「現在這約克的太陽❶把我們隱忍難堪的嚴冬變成了光榮體面的夏天了。」（《理查三世》1.1.1-2）然後莎士比亞重新打開進入他的角色的窗戶。

❶ 譯註：指愛德華。約克的太陽又可解作約克的兒子。

英格蘭終於得到平靜了，但心思扭曲的葛羅斯特公爵卻沒有平靜可言。每個其

他人都可以轉而尋求快樂：

但是我，生來既不適於尋歡作樂，也不宜顧影自憐。我，是由粗糙的

範型鑄造出來，沒有媚人的姿態在妖嬈的美女面前昂首闊步；我，不

具備美麗的外形，在儀表上受了造物者的戲弄，畸形，醜陋，尚未完

成一半即被提前送進這活生生的世界裡來。如此的蹩腳古怪，蹀過狗

身邊的時候狗都要對我狺狺而吠。唉，我，在這萎靡的弄笛的和平時

代，竟沒有什麼娛樂可供排遣時間之用。（1.1.14-25）

「畸形，醜陋，尚未完成一半即被提前送進這活生生的世界裡來」：這個理查

不會企圖成為一個情人，而是會用盡一切必要手段追求權力。

莎士比亞並未暗示補償模式——以權力作為性歡愉的代替品——可以充分

80

解釋一個暴君的心理。不過他始終堅持，對暴君權力的渴求和受損的性生活有著重要關係。他也主張，個人的自我形象所受的創傷性和永久性損害可以追溯到早期經驗，例如追溯到一個少年人對自己醜陋容貌的害怕或其他孩子的殘忍嘲笑，甚至可以追溯到奶媽和接生婆的反應。更重要的是，他認為無可修復的傷害是有可能來自母親的毫無母愛。理查對拋棄他的愛神和把他手臂皺縮為一根樹枝的「造化」的激烈憤恨，只是他對母親的洶湧怒意的一張薄薄面紗。

《查理三世》是極少數處理母子關係的莎劇之一。更常見的情形是劇情環繞父子關係展開，這些父親較知名的有《仲夏夜之夢》中的伊吉斯（Egeus）、《亨利四世》上、下篇中的亨利四世、《無事生非》中的里奧那托（Leonato）、《奧賽羅》中的勃拉班修（Brabantio）、《李爾王》中的李爾和葛羅斯特、《暴風雨》中的普洛斯彼羅（Prospero）。這些劇都極少言語及那個把小孩帶到人世來的母親。《亨利六世》三部曲花了不少力氣描寫約克的四個兒子（愛德華、喬治、拉特蘭和理查），卻隻字未提他們母親。這三齣劇的重點不在個人

或家族，而在整個滑向內戰的國家。不過當莎士比亞把注意力集中在暴君角色，要解釋驅策著他們的內心混亂、失序和暴力時，他便有需要去探索發生在母子關係中的差錯。

理查的母親約克公爵夫人在《理查三世》一上場就毫不隱瞞，她把兒子視為怪物。她有大量理由這樣做。雖然不知道細節，但她懷疑主使謀殺她次子喬治的不是有病的長子愛德華而是理查。理查對喬治留下的子女表現得極為疼愛，但公爵夫人卻警告他們（她稱他們為「天真的小人兒們」）不要相信叔叔，但公爵夫人卻警告他們（她稱他們為「天真的小人兒們」）不要相信叔叔半句話。「妳認為叔叔作假嗎，祖母？」其中一個孩子問道。公爵夫人明快地回答：「是的，孩子。」然後又表現出兩種互相矛盾情，一是感到恥辱，一是撇清關係：「他是我的兒子，所以是我的恥辱，不過他的欺詐個性並不是得自我的奶水。」（《理查三世》2.2.18, 29-30）聽到愛德華的死訊，得知理查成為她四個兒子中唯一尚在人世者之後，她的恥辱感更加劇了。她憤恨地說：

「現在只剩一面醜陋的鏡子來安慰我，在他身上看著我的恥辱時我只好暗自傷

心。」(2.2.53-54)

理查到達後表演了一齣孝順戲碼，跪下來要求母親祝福。她勉強照辦，但隱藏不住對這個被自己帶來世界的禍害的反感。稍後她呼籲幾個人生被他兒子破壞的女人（亨利六世的遺孀瑪格麗特、愛德華的遺孀伊莉莎白和理查的不快樂妻子安妮）盡情發洩她們的悲哀和憤怒。她說：「和我一道去，在一陣臭罵聲中，把我可恨的兒子活活罵死。」(4.4.133-34)當他出現在她們面前時，她首先想要的就是喊他那副尊容總會讓人聯想起的生物：「你這蟾蜍，你這蟾蜍。」她告訴他，她後悔當初沒有把他勒死在娘胎之內，因為那樣的話，他帶給世界和她人生的所有悲慘痛苦就可以避免…

你的來到人世為我帶來了人間地獄。你一出生就讓我背上痛苦的重擔，孩提時你暴躁倔強，入學後更加兇狠粗野，血氣方剛的時日你膽大妄為，成年後又變得驕橫、險詐、惡毒。(4.4.167-72)

發誓再也不會見他之後，她詛咒他，祈求他會死掉：「你殘殺成性，終究必遭殘殺。」

這個母親的恥辱和憤怒不只是兒子邪惡行為的結果，它們一路回溯到最開始，回溯到他剛出生時的樣子和他暴躁倔強的孩提時期。她對愛德華和喬治表現出母親的柔情和關懷，但對畸形的理查，她總是只感到噁心和反感。

不奇怪的，理查的反應是下令吹笛打鼓，掩蓋母親的詛咒聲。不過，這齣劇成功暗示，他母親的否定觸痛了他，在他內心植入了比不耐煩和憤怒猶有過之的情緒。它也暗示了在回應這種否定時，理查發展出一種讓自己的聲音被聽見和被當一回事的策略。他的其中一項神祕能力──莎士比亞認為這能力是暴君最獨特的特徵──是讓自己深印在別人的心靈，不管他們願意與否。就好像為了補償自己承受的痛苦似的，他找到一個方法（用暴力或欺騙）讓自己無所不在，存在於每一個人的心頭。沒有人可以無視他的存在。

第5章

助紂為虐者

Enablers

理查的壞幾乎人人都看得出來。他的憤世嫉俗、殘忍和陰險不是什麼祕密，身上沒有一絲可取之處，沒有理由讓人相信他能夠有效統治國家。《理查三世》所要探索的是，這麼一個人是怎樣弄到英格蘭的王位。莎士比亞認為，這種成就有賴他四周的人各自不同但同樣要命的反應。這些反應加起來等於整個國家的集體失敗。

有少數角色真的是受到理查的愚弄，相信他的指天誓日，把他假裝出來的感情照單全收。由於他們沒有多少能力幫助或阻止理查崛起（他們大部分都是小孩子，而且太天真又或無權無勢，無法在政治生活中扮演重要角色），他們只能算是受騙者和受害者。

再來是那些在面對霸凌或暴力威脅時感到害怕或無能為力的人。理查喜歡這樣威脅說：「我會把不服從的人變成死屍。」（《理查三世》1.2.37）每逢他這樣說，反對他的離譜命令的聲音就會顫抖。他極其富有，位高權重，習慣自行其是（哪怕他的行事違反所有的道德規範）──這些對他威嚇別人都有幫

助。

再來是那些無法老是記得理查的壞的人。他們知道他是個病態的騙子，也完全知道他做過這件或那件壞事，但他們奇怪地非常善忘，就像要記住他有多麼恐怖是困難的事。他們無法抗拒把不正常給正常化的心態。

另一群人是那些沒記理查做過的壞事但又相信天下會繼續太平的人。他們讓自己相信家裡總是有夠多的大人，可以確保承諾被遵守、盟約被依循和核心的機構制度被尊重。理查是那麼顯然地不夠資格掌握最高權力，所以他們根本不把他放在心上。他們的注意力總是集中在別人，幡然警覺時已為時太晚。他們未能夠很快地意識到看來不可能的事情確實正在發生。他們依賴的結構被證明是出人意表的脆弱。

還有一群邪惡的人，他們相信自己可以從理查的崛起撈到好處。就像其他所有人一樣，他們完全清楚他多麼具有毀滅性，但他們深信自己會免遭毒手或從中得利。這些朋友和追隨者包括黑斯廷斯（Hastings）、凱茨比（Catesby）和

白金漢。其中又以白金漢最為突出，他幫助理查一步步往上爬，參與他的齷齪勾當，以完全冷漠的態度看著被害者越來越多。在莎士比亞的想像中，這些勾結者的其中一些將會是理查得償宿願之後第一批被消滅的人。

最後是雜七雜八的命令執行者。他們有些只是為了避免惹麻煩而勉強執行命令，有些是希望得到好處，還有一些是喜歡整人。不管是在莎士比亞的劇作還是現實人生中，有志成為暴君者從來不缺這一類打手。不錯，這樣的事情也許不會發生在某種世界之中。蒙田（Montaigne）的好朋友拉波哀西（Étienne de La Boétie）就曾經想像，如果大眾以非暴力的方式拒絕配合暴君的要求，暴君就會倒台。當暴君需要找人處決人犯時，沒有人會理睬。但在莎士比亞看來，這樣一種準甘地的觀念無疑是空中樓閣。他相信暴君總是找得到執行處決令的人，找得到（用哈姆雷特的話來說）「自己熱心求來這件差事的人」。（《哈姆雷特》5.2.57）

這樣列舉助紂為虐者的類型，很容易會讓人錯失莎士比亞戲劇天份的最有

力之處：不是建構抽象的範疇或計算同流合污的程度，而是用使人難忘的生動想像力讓不同類型的助紂為虐者栩栩如生。面對理查野心所製造的亂流、訊號的混亂和結果的絕對不確定性，人們被逼著在有瑕疵的選項中做出選擇。《理查三世》精采地勾勒出人們怎樣受到了不受他們理性控制的情緒底流的制約，在不可承受的壓力中做出焦慮的計算和採取致命的決定。偉大的戲劇有力量讓這些兩難式活靈活現。

在同謀圈最外圍的是那些仍然相信理查的保證的人，哪怕他們聽說過或甚至直接目睹他做的壞事。這些人幾乎抗拒不了他無恥地反覆重申的彌天大謊。年輕人和沒有經驗的人最容易上當受騙。當被謀殺的克拉倫斯的兒子被告知他叔叔理查只是假裝哀戚時，這個孩子回答說：「我不能想像。」（《理查三世》2.2.31-33）「我不能想像」可以充當那些就是無法相信這類背信棄義行為的人的座右銘。況且，在從祖母那裡得到這個打破幻想的告知之後，小孤兒又能夠做些什麼呢？

年少不是讓人陷入致命騙局的唯一因素。事實上，其中一個信賴理查虛情假意的顯著人物完全不是小孩，而是他強悍、經驗豐富和政治老練的二哥喬治。《亨利六世》描寫克拉倫斯在玫瑰戰爭期間立場曾經有所搖擺，所以說，他是一個對虛偽、背叛和暴力完全不陌生的人，完全有可能看穿自己陰險弟弟的把戲。然而，為什麼當他突然被逮捕並關在倫敦塔的時候，還會相信理查將為他提供幫助？

這個問題的答案透露出本來精明的政治玩家會被一個無賴騙倒的幾個關鍵理由。事件以讓人眼花繚亂的步伐發生。理查在全劇開篇的獨白中透露：

我已佈下陰謀，要利用不經的預言、毀謗和夢境，離間我二哥克拉倫斯和國王，讓他們產生深仇大恨。（《理查三世》1.1.32-36）

下一刻，我們看見克拉倫斯被帶出囚籠。在簡短的交談中，在監獄官的監

視下，理查對克拉倫斯表示了同情，並透露下令關他的不是國王（他畢竟是他們大哥），而是王后。克拉倫斯因此發現自己陷入了一個可怕而複雜的政治處境，非常難於處理。首先，他自己和哥哥愛德華仍然存有嫌隙，因為當初愛德華爭取王位時，克拉倫斯並沒有全力支持。再來還有王后家族和國王家族後果難料的權力爭奪。需要考慮進來的還有國王的情婦珍・修爾（Jane Shore），她是一股獨立的勢力。在危機迅速展開的壓力下，這名囚犯要怎樣把事情釐清呢？如果他能夠想像理查瘋了似的打算殺掉擋住他通向王位的所有人，那一切就會明朗起來。但少了這個關鍵，一切都是混混沌沌。

理查以兄弟命運一體性作為誘餌：「我們很不安全，克拉倫斯，我們很不安全。」（1.1.70）克拉倫斯信以為真，決定信賴手足之情這種基本的人類本能。我們知道，如果他聽任國王、王后或國王的情婦發落，都會比較安全，但因為身處昏暗不明之中，他完全無法看清楚。另外，就像我們馬上會知道的，他的心靈進一步受到內疚的蒙蔽，備受曾經做出過的道德妥協所苦惱。在這一

點上他絕非特例：莎士比亞戲劇中幾乎沒有哪個角色不曾做出道德妥協。幾乎每個人都為說過的謊或違背過的誓言問心有愧，這些記憶讓他們更難看出誰才是最危險的敵人。

不過，克拉倫斯還是曾得到一個要提防葛羅斯特的提示（他都稱理查為葛羅斯特），問題是這個提示來自夢中。在發生於倫敦塔的一幕，這位囚犯從一個午夜的惡夢中驚醒過來，把可怕的夢境告訴了監獄官。在夢的一開始，

陪伴著我，他找我從船艙上甲板散步。

我覺得我已經從倫敦塔逃走，登船渡海要去勃艮第。我弟弟葛羅斯特

接著夢境急速變身為一個惡夢：

正當我倆在那令人暈眩的甲板上踱步時，葛羅斯特似乎絆倒了。我想

扶住他，他卻一手打來，把我打得翻過船舷，落到滾滾浪濤之中。天哪，我感覺我感受到了溺水的痛苦！（1.4.16-21）

在潛意識裡，克拉倫斯知道他的弟弟為了保持平衡而不惜把四周的人推倒。不過，他還沒有領會的是理查的惡意和動機。在夢中，他會被撞下船完全是意外。

十幾分鐘後，不是在夢中而是在克拉倫斯完全清醒的狀態中，兩個受僱於理查的暴徒出現在倫敦塔。由於以為他們是大哥愛德華派來，克拉倫斯馬上想到要找理查幫助，對兩個暴徒說：「請去找我弟弟葛羅斯特，他一定會給你們比你們為了愛德華而殺死我更多的獎賞。」一個暴徒告訴他：「你受騙了，你弟弟葛羅斯特恨死你了。」克拉倫斯拒絕相信這個可怕的真相：「呀，不會的！他愛我，他對我很親愛，就請你們去找他好了。」殺手以灰色幽默回答說：「對，我們是要去的。」然後把克拉倫斯刺死，泡在一個葡萄酒木桶裡，

然後匆匆忙忙找理查領賞去。

由此觀之，克拉倫斯的夢具有可怕的預兆能力——甚至連他是被溺斃這一點也預見了。不過，這件事的意義不僅止於此。它還透露出一件和暴君崛起有關的重要事情：暴君甚至具有在夢中穿透他人心靈的驚人能力。在《理查三世》中，夢境不只是用來裝飾或供我們對當事人的心理有所一瞥。它們基本上是要指出，暴君有能力存在於每個人的惡夢和成為每個人的惡夢。另外，暴君還有能力讓惡夢成真。

克拉倫斯只有在夢中才能看出弟弟的真正心思。醒來以後，甚至面對兩個殺手的時候，他都無法相信自己被弟弟出賣，因為這個人「曾經為我的遭遇哭泣，把我抱在懷裡，抽泣著發誓說要盡力使我獲釋。」（3.2.10）但劇中並不是每個人都對夢中隱藏的真相那麼抗拒。清晨四點鐘，一個使者去敲權大勢大的黑斯廷斯勳爵的家門，向他報告史丹利勳爵（Lord Stanley）做了一個惡夢：

「他夜來夢見一隻野豬撞掉了他的頭盔。」（3.2.10）——史丹利是夢見理查砍

掉他的人頭。黑斯廷斯認為不必對這個惡兆驚惶失措。他交代使者：「告訴他，他的顧慮是膚淺的；至於他的夢，我不懂他為什麼這樣愚蠢，竟然相信睡覺不踏實時候的胡思亂想。」(3.2.24-26) 在恐慌中轉身逃跑只會刺激猜疑⋯

野豬還未追來就跑，會刺激豬的野性，讓牠不想追也要追了。

(3.2.27-29)

黑斯廷斯建議，更安全的做法是保持冷靜。不過事實證明，最終能夠保存性命的是害怕兮兮的史丹利，反觀保持鎮定的黑斯廷斯卻人頭落地。

但是，為什麼一直都對理查的冷酷無情有近距離觀察的黑斯廷斯會讓自己掉腦袋呢？答案是野心勃勃的他以為可以靠著理查的冷酷無情除掉自己在宮廷內的主要對手。他不是不知道這樣做會有潛在風險，但他相信自己能夠防範於未然⋯一方面是靠著他以前為理查立過的功，一方面是結交一些盟友隨時向他

通風報信。這些盟友中為首的是「我親愛的朋友凱茨比，無論發生任何和我們有關的事，他都會讓我們知道。」（3.2-21-23）

黑斯廷斯有所不知的是，一心只顧自己利益的凱茨比並不如他想像的那樣可靠。在緊接著發生的一次談話中，凱茨比告訴黑斯廷斯，他的好幾個敵人已經丟了性命，又遊說他支持理查奪取王位。黑斯廷斯效忠已故國王之子，予以婉拒，不知道這種拒絕已經讓自己注定滅亡。他心裡只想著敵人的垮台，預期著未來十幾天，憑著他和理查的友誼和勾結，他將可讓更多的敵人歸西：「我說啊，凱茨比，不出兩星期工夫，我就要讓幾個人出奇不意地回老家去。」不過，回老家去的當然是他自己。在可怕的一幕裡，理查就像對付一個在午餐前除之而後快的討厭鬼那樣，送他歸西：「砍下他的頭來！現在，我以聖保羅為誓，我不看到他的頭顱落地絕不進餐。」（3.4.75-77）

暴君下達的命令顯然不需要自己親自執行。願意聽他指揮的不只是執斧頭的人。理查發布命令的大廳裡坐滿有權有勢的人。在座除了有做過惡夢的史丹

96

利勳爵以外，還有白金漢公爵、伊利主教（Bishop of Ely）、拉特克里夫爵士（Sir Richard Ratcliffe）、洛弗爾爵士（Sir Francis Lovell）、洛福克公爵（Duke of Norfolk）和其他人。他們全都認識黑斯廷斯多年，知道他被指控的叛國罪——用巫術讓理查的手臂皺縮——純屬荒謬，因為理查這條手臂自誕生起便是畸形。他們其中有些人（例如白金漢和凱茨比）參與了取黑斯廷斯性命的陰謀，有些人（例如拉特克里夫和洛弗爾）樂於服從暴君的任何命令，其他人則是為斧刃不是砍向他們而鬆一口氣。

他們所有人都要負上一點責任，哪怕是那些保持緘默因此以為自己沒有罪咎的人。在劇中，倫敦塔衛隊隊長勃萊肯伯雷爵士（Sir Robert Brakenbury）收到一張書面指示，要求他把囚犯克拉倫斯交給兩個一臉惡徒長相的人。勃萊肯伯雷瞥他們一眼便知道他們的企圖。他完全知道他的囚犯沒有受到審判（不管是雷瞥他們一眼便知道他們的企圖。他完全知道他的囚犯沒有受到審判（不管是不是公正的審判），但仍然把牢房鑰匙交給兩個惡徒，沒有問題，也沒有表示抗議。他自忖說：「此中用意我不想多作推敲，因為不管是什麼用意，都不

關我的事。」（1.4.93-94）因為有太多人採取類似的「不關我的事」心態，暴君得以為所欲為。

一系列的謀殺清除了大部分理查奪權的重要障礙——不管是實際上還是潛在的障礙。不過，莎士比亞並沒有把暴君的最後成功直接歸因於暴力。代之以，那是一場選舉的結果。為了取得民眾認可，理查搞了一場政治運動，使盡了各種招數：偽裝宗教虔誠、中傷對手和大大誇大國家安全所受到的威脅。

為什麼要搞一場選舉呢？緊貼史料（特別是摩爾的《國王理查三世史》）不是充分的解釋。在覺得有需要時，莎士比亞從不在乎刪改史料。事實上，《理查三世》本身就是把一批發生在一段很長時間跨距的事件壓縮在一起，例如理查暗算卡拉倫斯的陰謀被寫成發生在他向安妮女士求愛期間，後者又被寫成是發生在國王亨利出殯期間。由於伊莉莎白時代的人是生活在世襲君主制而不是選舉君主制之中，莎士比亞大可以淡化或取消他在摩爾書裡讀到的選舉部分。不過他不但沒這樣做，反而把選舉戲碼放在全劇的中心。

老百姓聽到國王已死、王位傳給幼子和由叔叔輔政的傳言。對總是有理由害怕改朝換代的老百姓來說，這些事情沒有一件是好兆頭。「由一個小孩統治的國家有禍了。」他們其中一個說。（2.3.12）通常，除了準備好迎接衝擊，這些老百姓幾乎沒有什麼可做的。同一個旁觀者這樣指出：「看見烏雲，聰明人會穿上斗篷。」（2.3.33）但這一次，他們卻被帶進一個複雜的政治遊戲：他們被要求推翻繼承的順序，拒絕由國王的幼子繼位，改為支持理查登基。

在白金漢的幫助下（白金漢形同理查的主要謀士和選舉操盤手），理查虛構了一個謊言，指出他們破壞了黑斯廷斯推翻政府的叛國陰謀。只有迅速行動可以拯救國家，所以叛國者被匆匆處決。理查告訴倫敦市的市長，在危急情況下，管不了法律手續。黑斯廷斯的首級被帶進來後，白金漢解釋道，如果不是愛國之士「熱心地」把黑斯廷斯斬首，市長就有機會聽到這個叛國者招供，向大眾證實真有其事。識趣的市長馬上表示不必：「我的好大人，閣下的話就足夠證實了，和我親眼看見、親耳聽見是一樣的。」（3.5.62-63）

理查和他的最大心腹對自己的演技相當得意，自豪於輕易就把「在千鈞一髮之際破壞奸險陰謀的人」這角色演好。白金漢這樣自誇道：

我會模仿高明的悲劇演員，說話時回頭望望，又四面窺察，一副草木皆兵、膽戰心驚的樣子。（3.5.5-8）

他們還擅長把友好和威脅混合得恰到好處，讓倫敦市長之類的民政官員乖乖聽話。但真有人被他們騙倒嗎？難說。在他們和市長交談之後不久，莎士比亞就用了一個非常短的插曲（僅有十四行文字），讓一個錄事對他剛剛抄寫的一份法律文件發出嘀咕。該文件是對黑斯廷斯的起訴書，但有鑑於時間點兜不攏，錄事輕易就想到，指控是事先編造，當時黑斯廷斯「還在人世，沒有被控，沒有被審，自由自在。」（3.6.9）顯然，整件事情都是一個謊言，出發點是為了掩蓋非法謀殺理查其中一個敵人的罪行。錄事這樣思忖：「誰會那麼蠢看不出

這個狡計？誰又有那麼大的膽子敢說他看得出來？」(3.6.10-12)

然則，如此大費周章又是所為何來？除了誣指黑斯廷斯叛國，理查為什麼還要假裝虔誠、自稱不願意當國王、宣稱年幼國王乃不合法，並且炮製其他種種的謊言？不只是那個錄事看穿了欺詐。第一個企圖爭取群眾支持理查登基的嘗試失敗了：選民就是不肯乖乖配合。白金漢回報說：「他們不發一語，就像啞的塑像或會呼吸的石頭那樣，面面相覷，臉色死灰。」(3.7.24-26)

不過，謊言雖然沒能製造強大民意卻也產生了一些效果。不斷發佈假新聞有助於邊緣化懷疑份子、散播混亂和平息本來也許會爆發的抗議。不管是因為漠不關心、怕事，還是誤以為誰來統治都一樣，老百姓並沒有對理查發起抵抗。事實上，第二次爭取他們選票的嘗試要成功得多。當白金漢高喊：「理查國王萬歲！英格蘭賢明國王萬歲！」群眾報以一聲：「阿們！」

莎士比亞也許覺得這位暴君的崛起究竟得到多少民意支持實在難以斷定。《理查三世》有兩個版本，兩個版本都能夠以權威自居。在莎士比亞生前出版

的平價版本「四開本」（Quarto）中，只有倫敦市長在白金漢高呼「理查國王萬歲」時喊「阿們」。（「四開本」3.7.218-19），但在在莎士比亞死後七年出版的「對開本」（Folio）中，「阿們」一語前面的「說話人簡稱」（speech prefix）卻是「全體」（All）。所以在一個版本裡，只有暴君的推銷者附和，而在另一個版本，附和的是全部群眾。

這種曖昧性在莎士比亞對於理查的概念。他雖然醜，但他仍有一些魅力嗎？群眾有過支持他的時刻嗎，還是一切只是一個陰謀？雖然已經被看穿，但他的謊言是不是仍然有效力？這場選舉只是理查從一開始就表演的奇怪走鋼索行為的高潮。理查強迫安妮嫁給他，是他走鋼索行為的一次著名表現，因為她是這個世界上最不可能被他的甜言蜜語騙倒的人。安妮有十足理由憎恨理查：在莎士比亞的描寫中，理查同時謀殺了她的年輕丈夫和父親亨利六世。當這個兇手踩著亨利六世的屍體向安妮求愛時，她詛咒他，朝他臉上吐痰，毫不保留地道出自己對他的痛恨和厭惡。然而到了該場戲結束之時，她竟

然接受了理查的戒指，形同答應嫁他。

演員在詮釋這個角色時可以有兩種截然不同的方式。一個是表現出她面對一個怪物時的脆弱和無力，對於理查的進逼幾乎別無選擇。另一方面，演員也可以表現出她雖然痛恨且害怕理查，但又奇怪地被他吸引，甚至在兩人最針鋒相對的交談中引起她的好奇。在安妮激烈地對理查的示愛表達鄙夷之後，她發現自己心裡並不是在詛咒他，而是在想：「我倒很想看看你這顆心。」(1.2.192) 她離開之後，理查眉飛色舞地說：「哪有一個女子是這樣讓人求愛的？哪有一個女子是這樣求到手的？」(1.2.192) 他先前所說的話無一點真情或由衷。他冷冰冰地自忖說：「我要娶了她，但不會長期留她下來。」(1.2.228) 理查是個沒有能力愛人的人，而他也會很快就像自己所保證的那樣，把安妮甩掉。他的權力、財富和厚顏無恥，讓他可以攫取到他想要的人，哪怕對方覺得他讓人反胃。對他來說，這種攫取相當於一種快樂。

觀眾對於這種半是強搶、半是誘拐的情節有什麼觀感？只要演員不把安妮

演成為對理查只有厭惡，她就會表現出大部分觀眾都會有的古怪好奇心。這齣戲並不鼓勵觀眾對理查的政治目標產生認同，卻會讓他們很高興看見有人代替他們釋放出壓抑的侵略性，以及敢於公然說出不容說出的話。理查對他雇來殺他哥哥的人這樣說：「蠢才的眼睛落淚，你們的眼睛落石塊。我喜歡你們，夥計。」（1.3.352-53）

理查是靠著周遭人不同程度的同謀而得以崛起。不過，在劇院中，作為觀眾的我們卻被誘導進一種奇怪的勾結方式。我們一次又一次被這個壞蛋的痴心妄想迷倒，被他對基本道德規範的漠視迷倒，還有被他那些雖然沒人相信卻看來有效的謊言所迷倒。站在舞台上看著我們，理查不只邀請我們分享他愉快的桀驁不遜，還邀請我們體驗——屈服於我們所憎厭的東西是什麼感覺。

憑著得意洋洋的邪惡心態與乖僻的幽默感，理查魅惑了四個多世紀的觀眾。從莎士比亞時代流傳下來的一件軼事透露出這種魅惑力幾乎是即時發生。一六〇二年，倫敦一個法學院學生在日記裡記下了一則淫穢逗笑的故事…

曾經，伯爾巴格（Burbage）演出理查三世，讓一個女性觀眾大為入迷。她約他晚上到她家去，到的時候報上理查三世的名字。莎士比亞偷聽到他們說話，搶先一步去到女影迷家裡，和她溫存。當僕人來報告說理查三世登門造訪時，莎士比亞叫他回覆說，征服者威廉已經比理查三世先到一步了。⑱

就像大部分名人故事一樣，這故事所道出的，更多是有關流傳故事者的事情，而非故事本身所講述的人。但它至少透露出，第一個飾演理查三世的知名演員伯爾巴格（他也扮演過羅密歐和哈姆雷特）完全沒有因為他演的是壞蛋而失去魅力。

從第一次上演開始，這齣戲看來就激起了強烈興趣。首演於一五九二年或一五九三年，《理查三世》在莎士比亞生前出版過至少五次的對開本。劇中的壞蛋——「打了鬼印、流產下來的拱土豬」（1.3.267）和「口吐毒液的駝背蟾

第6章

暴政的勝利

Tyranny Triumphant

暴君的上台雖然是災難一場，但卻帶有一點喜劇的味道。那些被暴君推到一邊或踐踏的人，大部分都是因為他們的妥協、犬儒或腐敗致之。就算他們的結局陰森恐怖，看到他們自取其咎仍然讓人有一種滿足感，而當我們看著暴君以陰謀和背叛手段爬到最高峰的時候，我們正是被邀請參與一種道德放假。

然而，一旦理查達到了他一輩子朝思暮想的目的（發生在劇中第三幕的最後），笑聲就會迅速凝固。他的勝利所帶給人的樂趣，很多都來自它們的匪夷所思，而現在，無止盡的勝利被證明只是一種荒謬幻覺。雖然看似懂得變魔術，但理查完全沒有統一和治理整個國家的能力。

暴君的勝利奠基於謊言、虛偽的承諾，以及用暴力手段消滅對手。把他帶到王座的狡猾策略完全構不成治國大計，而他的顧問團也不太可能幫助他制定治國方針。固然有一些識趣的官員（例如倫敦市長）和怕事的辦事員（例如那個錄事）可以為他所用，但新統治者既缺乏管理能力亦缺乏外交技巧，他的團隊顯然也沒有人可以提供相關的能力和技巧。他自己的媽媽鄙視他。他的太太

108

安妮害怕且痛恨他。凱茨比和拉特克里夫之類的機詐人物完全不是政治家的料。雖然社會地位較高，但他們和理查雇用來幹各種齷齪勾當的惡棍沒有多大分別。史丹利比較近似一個明智審慎的顧問，但就像他做過的惡夢所透露的，他對理查這頭「野豬」長久以來都懷有恐懼，不太可能願意當新朝的股肱之臣。事實上，他業已祕密地同這個政權不共戴天的敵人取得聯絡。

最有可能襄助理查的，是他的長期盟友暨犯罪搭檔白金漢公爵。這位狡猾的公爵是理查政治競選的操盤手，也曾幫助他消滅一連串真實或想像出來的敵人。新登位的暴君對白金漢說：「由於你的忠告和輔助，理查王得以高高坐在王座之上。」（《理查三世》4.2.3-3）不過，這種致謝乃是要求進一步「忠告和輔助」的前奏。

雖然慎重地先把其他人支開，理查起初對他想要什麼還是含糊其辭。「小愛德華還活著，」他說，指的是已故國王的繼承人，這位王子現在和一個堂兄弟一起被關在倫敦塔。「你猜猜我想說什麼？」雖然要猜理查想說什麼一點兒

都不難，但白金漢堅決拒玩猜謎遊戲。越來越生氣的國王被迫把話說得更白：

賢弟，你一向不是這麼遲鈍，是要我明說嗎？我希望那兩個雜種死掉，而且希望事情馬上辦妥。你怎樣說？快快道來。（4.2.17-20）

白金漢的回答——「陛下愛怎樣做自可怎樣做」——是簡潔的楷模，但仍然沒有給予暴君他想要的東西。所以理查被迫以他本來不想的方式把話說得更直接：「我是說我想要他們死，你同意嗎？」在溜出房間以前，白金漢再一次避免正面作答：「陛下，請容我考慮一點時間，再就此事明白表示意見。」

（4.2.21-24）

理查並非要白金漢本人親自去謀殺兩個小孩，他要找到適合的行兇者輕鬆容易。白金漢說理查完全無須任何人批准也完全正確，所以，暴君之所以要徵求自己的主要朋友同意，並不是需要他批准，而是想把他給牽扯進來。在理查

110

剛開始統治的這個關鍵時刻，他需要追隨者輸誠效忠，而白金漢輸誠效忠的最好方法，就是讓自己成為一樁恐怖罪案的同謀。如果白金漢能夠自己說出那兩個小孩該死當然會更好（這就是理查最初不明說的原因），即使他只是表示同意，也已經充分足夠。不過白金漢仍然閃躲，這讓理查大為惱火。站在一個距離外看著這一幕的凱茨比說：「國王生氣了。看，他咬著嘴唇呢。」（4.2.27）

這番簡短交談引入了暴君統治的幾個關鍵特徵。對暴君而言，能夠從統治國家得到的滿足感寥寥無幾。不錯，他是獲得了一直巴望的地位，但讓他成功奪權的那些技巧卻無法用來統治國家。不管他想像自己有多快樂，這種想像最後都會被挫折、憤怒和恐懼所取代。另外，他對權力的掌握從不牢固。為了鞏固地位，他總是必須再做些什麼，而因為讓他達到目的的一直是犯罪手段，所以現在所需要的，無可避免就是進一步的犯罪。暴君渴望得到核心圈子的忠誠，但他又總是沒有十足把握可以得到。會巴結他的都是像他自己那樣的壞蛋，而且不管怎麼說，他都對別人發自真誠的忠誠或不偏頗的判斷不感興趣。

態度充滿不祥之兆，決計逃命。但他只是白費工夫。他最終會被抓到和處決。

決定不再和白金漢分享祕密之後，理查自行安排謀殺事宜。就像他自己說的，他需要的是「終止所有於我不利的希望繼續膨脹。」（4.2.59）這位暴君事實上是希望的敵人。他找來一個走霉運和「滿懷不平的人」，對方願意為了黃金殺死兩個皇室小孩。（4.2.36-39）他們的死將會讓已故的愛德華國王只剩下一個繼承人，就是他的年輕女兒。理查的如意算盤是娶了這個女孩，讓自己脆弱的權威性得到鞏固。他思忖說：「殺掉她兄弟然後娶她，這不是可靠的好辦法。」（4.2.62-63）然而，雖不是可靠的好辦法，但倘若不使用這個辦法，正如他自己思索的，「我的王業就會搖搖欲墜。」（4.2.61）他當然已婚，但他交代凱茨比散播安妮王后生病的謠言。當一向事事聽話的凱茨比表現出片刻猶豫時，理查不耐煩地加以斥責：「看你這魂不守舍的樣子。我再說一遍，放消息出去說王后安妮病了，可能會死。」（4.2.56-57）不耐煩是莎士比亞認為暴君總是會有的另一個特徵。暴君會希望在自己大聲說出命令以前，命令就已經被

理查：啊！好凱茨比，叫他馬上盡他所能集結最有力的軍隊，到索爾

茲伯里緊急會師。〔凱茨比下〕（4.4.440-451）

片刻之後，他又對拉特克里夫表現出同樣的不耐煩和搞不清楚狀況。在這段時間，有更多讓人心煩的消息湧進來。有人看見外海出現一入侵支艦隊。有個探子報說一個強大的貴族集結了一支軍隊，另一個探子報說有另一個貴族在另一地區集結了軍隊。理查打了第三個探子一巴掌，因為他以為對方也是帶來壞消息。他說：「吃我這一掌，沒有好消息不准來報。」殊不知道這個探子帶來的正是好消息。就連陷入困境的暴君偶爾也可以喘口氣。

在這一切持續發生時，理查繼續進行娶姪女為妻的計畫。這樣做的同時，他也透露出另一個莎士比亞認為和暴君密不可分的特徵：絕對的厚顏無恥。雖然他謀殺了伊莉莎白（已故國王的遺孀）的兩個兒子，但仍然毫無半點害臊地向她提親。他甚至懶得否認自己的罪行，反而主張自己可以為她帶來外孫，彌

115　暴政的勝利

補她失去兒子的損失！

如果我殺害了出自妳胎中的後嗣，我要在妳女兒身上繁茂妳的血統，同時傳下我的種。（4.6.296-98）

伊莉莎白向他表現的噁心和憎恨並沒有讓他有絲毫退縮。他只是堅持自己的下流建議和謊言，深信不管自己做過什麼都不構成妨礙。「你殺死了我的孩子。」她反覆說，而理查充滿自信的回答只讓自己的要求更顯乖張：

但是我會把他們埋葬在妳女兒的子宮裡。在那香巢之中，他們會滋生出與他們自己一模一樣的孩子們。（4.6.423-25）

當伊莉莎白為了擺脫他的糾纏而答應向女兒轉達求婚建議時，理查深信自

己又贏了一次——就像早前曾經克服安妮的仇恨那樣。他現在相信自己可以從任何女人那裡要到自己想要的東西，不管她們起初有多麼抗拒。這種想法讓他產生了一種對女人的厭惡鄙視：「易受感動的蠢才，淺薄善變的女人！」（4.6.431）然而正是從這個時候開始，套在暴君脖子上的絞索開始收緊。伊莉莎白根本不打算把女兒嫁給理查：她業已和理查的主要敵人里奇蒙伯爵（Eral of Richmond）取得聯絡，後者準備率領軍隊把暴君從他本來不被容許登上的高峰上拉下來。

在博斯沃思原野戰役（Battle of Bosworth Field）前夕的一幕中（該戰役以里奇蒙得勝和理查死亡告終），莎士比亞讓我們可以一瞥暴君的另一項特質：絕對的孤獨。在凱茨比和拉特克里夫兩個心腹的陪伴下，理查固然可以檢討作戰計畫和發號司令，但他對這兩個人就像對任何人一樣沒有真正的親密感。他老早就意識到沒有人愛他，也不會有人在他死的時候難過。他對自己承認：「如果我死了，沒有靈魂會可憐我。」（5.3.201）理當如此，「因為連我自己都不

唉，沒有。唉，我其實恨自己。（5.3.182-89）

再過幾年，莎士比亞就會發展出一種他用於布魯圖（Brutus）、哈姆雷特、馬克白和其他人的內心獨白法，從此不再使用這裡的寫作方法。不過，理查的圖式化話語除了成功傳達出心理衝突（我愛自己，我恨自己），還傳達出一種痛苦的空虛感，就像暴君的內心世界幾乎空空如也，僅存在一個自我皺縮的少許痕跡——這個自我從來沒有被容許成長茁壯。

二〇一二年，在英格蘭中部城市萊斯特（Leicester）興建停車場的工人，出土了一副腐朽的棺木。棺木裡裝著一副人骨。結合放射性碳定年法及針對約克家族後人進行的基因研究，揭示出棺木中的骸骨是理查三世。這件事情迅速引起媒體關注。來自七個國家的一百四十名記者和攝影人員參與了在萊斯特大學

舉行的記者招待會，他們被帶進一間房間。國王的骸骨安放在四張合併的圖書館桌子上，桌面鋪著黑色天鵝絨。這個國王從一四八三年開始統治英格蘭，兩年後死於戰場上，得年三十二歲。

在莎士比亞的戲劇中，理查胯下的戰馬被殺死——他反覆喊道：「一匹馬！一匹馬！我的王位換一匹馬！」（5.4.7）因為沒能得到一匹新馬，他用走的越過戰場，想要找到敵人里奇蒙。兩人最後遇上，理查在單挑中被殺。里奇蒙宣布說：「我們勝利了。嗜血的狗已經死了。」（5.5.2）不過，從建築工地出土的那副骸骨判斷，理查的死因和莎士比亞所描述的頗為不同。理查顱骨的底部受到粉碎性攻擊，武器八成是斧槍（halberd）——中世紀晚期士兵愛用的一種雙手持握長柄武器，其殺傷力非常可怕。理查三世被判斷是從背後遭殺害，而他的骨頭顯示出所謂「羞辱性傷害」，也就是勝利者出於極度憎恨心態而在死者屍體上戳出了多處傷口。不過，這副骸骨最引人注意之處是它彎曲成S形的脊椎。這種身體畸形生動地召喚起那個廣受全世界報媒注目的人物：但

不是那個相對不重要的真實歷史人物理查，而是莎士比亞在倫敦舞台上創造的那位讓人難忘的暴君。

第7章

煽動者

The Instigator

在寫出《理查三世》近十五年後，莎士比亞再次探討那個既是暴君驅力亦是其負擔的扭曲自我。沾滿被他卑鄙謀殺的鄧肯（Duncan）的鮮血，馬克白是莎士比亞筆下最著名且最讓人難忘的暴君。只不過這一次，暴君的孤單、自我憎惡和空虛感，與身體畸形無關。馬克白不是要用權力來補償性吸引力的闕如。他並沒有沸騰著僅僅被掩蓋住的怒氣，也沒有從童年起就學會用一張假面具隱藏自己的真實情緒。而且說來奇怪的是，他甚至沒有全心全意希望成為國王。

和理查不同，馬克白並沒有一直盼著要得到王位，也沒有決心要克服萬難奪取絕對權力。「女巫三姊妹」（Weird Sisters）對他說的預言——「萬福，馬克白，未來的君王！」（《馬克白》1.3.51）——讓他嚇了一大跳。因為，如果說理查以無視道德責任和普通人類感情自豪（「我的眼睛裡沒有為人垂淚的惻隱。」〔4.2.63〕），那馬克白卻是對這一類責任和感情非常敏感。他是一個忠勇之士，獲得信賴的軍事將領，也是國王鄧肯政權的忠心捍衛者。當鄧肯

124

決定要去探望他的時候，馬克白雖然受到剛被喚醒的背叛幻想所挑逗，仍然對於在自己家裡殺死一個客人的想法驚恐萬分。這個客人是他發誓效忠的君主，一直對他不吝獎賞，而且是人君的表率：

這鄧肯平日為人如此的謙遜，處理國事又是如此的賢明，他的美德將會像天使一般發出號角一樣清澈的聲音，向世人昭告我的弒君重罪。「憐憫」像一個赤身裸體在狂風中飄游的嬰兒，又像一個馭氣而行的天嬰，要將這段慘事吹到人人眼裡，以致淚雨淹沒了狂風。（1.7.17-25）

這番在極大苦惱中說出的自言自語，和從理查三世嘴巴說出的任何話都天差地遠。我們進入了一個完全不同的心理和道德宇宙。

殺死一個自己曾發誓效忠的人的念頭，讓馬克白非常害怕，內心充滿焦

慮，頭腦一片混亂：

我的思想中不過偶然浮起了殺人的妄念，就已經使我全身震撼，心靈在胡思亂想中喪失了作用，把虛無的幻影認為真實了。（1.3.141-44）

雖然他是個無畏的戰士，習慣將敵人開膛剖腹，但光是微微有了弒君的念頭就讓他天旋地轉。

不過，弒君陰謀的始作俑者不是馬克白，而是他的妻子。她預期丈夫將會抗拒，因為她很了解他的為人，擔心他缺乏弒君者的關鍵人格元素。馬克白的品性「太過富於普通人性的弱點」（1.5.15），無法去做必須做的事。是她一手策劃她所謂的「今晚的大事」（1.5.66），是她教導丈夫怎樣行事，也是她把國王的侍從灌醉。馬克白仍然充滿狐疑和猶豫。畢竟鄧肯是國王，而馬克白是接待他的主人：「我是主人，正當嚴防刺客，豈能自行操刀？」（1.7.15-16）

126

隨著預訂的時間接近，他企圖要取消計畫（「我們還是不要進行這件事吧。」〔1.7.31〕），但妻子的嘲諷和堅持讓他只能硬著頭皮執行。她問道：「莫非雄心在這穿戴之間醉倒了嗎？……你是不敢在行為和勇氣上與你的欲望一致嗎？」（1.7.35-36, 39-41）馬克白反駁說：「只要是男子漢做的事，我都敢做。」（1.7.46）不過他妻子抓住男子漢一節做文章：「是男子漢就應當敢做敢為。要是你敢做一個比你更偉大的人物，那才更是一個男子漢。」（1.7.49-51）受到這樣的激將法，馬克白決計行兇。

馬克白夫人對丈夫男子氣概的取笑（說他沒有能力在行動和欲望上表現一致），讓莎士比亞一個反覆出現的暴君概念涵蘊浮上檯面。《馬克白》和其他戲劇暗示，驅策暴君的是一系列的性焦慮：證明自己男子氣概的衝動性需要、害怕性無能、害怕自己被認為沒有足夠吸引力，或害怕失敗。所以暴君偏向於霸凌和鄙視女人，酷愛使用暴力。也因此他們對嘲諷特別敏感，特別是對包含著隱含或露骨性暗示的那些嘲諷。

現，不過他太太堅持他一定要義無反顧，不容回頭：

從「女巫三姊妹」向他三呼萬歲開始，馬克白就是矛盾心理的活生生體

我曾經哺乳，知道一個母親是怎樣憐愛吮吸她乳汁的子女。但是我若像你對這事那樣曾堅決發誓，那麼在兒女向我微笑的時候，我會從無牙的牙齦之間抽出乳頭，並砸爛他們的腦袋。（1.7.54-59）

怎麼辦？」但他妻子把問題丟還給他，外加另一個諷刺：

因為對弒君行動仍然有顧慮，他說出了自己最後一個顧慮：「要是我們失敗了

我們失敗了怎麼辦？只要你集中你的全副勇氣，我們絕不會失敗。

（1.7.59-61）

128

馬克白的回答讓人錯愕。他說：「願妳所生的全是男孩子，因為妳的無畏精神只該鑄造剛強的男性。」（1.7.72-74）自此而下，因為接受了妻子加諸他的角色，馬克白的命運已經注定。「我心意已決。」他說。（1.7.79）就這樣，一個暴君誕生了。

一旦做出了弒君行為並獲得了妻子催促他爭取的「君臨萬民的無上權威」（1.5.68），馬克白和理查三世的心理與道德鴻溝便迅速閉合。現在，這位曾經為弒君之念驚恐萬分的人居然僱兇手來消滅自己最親近的朋友。另外，這個一度是「勇氣的寵臣」（valor's minion）和無所畏懼的人突然間凡事害怕起來……

「究竟是怎麼一回事，一點點的聲音都會嚇得我心驚肉跳？」（2.2.60-61）這個一度掩飾不住自己一切想法的人——他妻子曾經抱怨：「我的爵爺，您的臉就像一本書，人們可以從那上面讀到奇怪的事情。」（1.5.60-61）——如今滿嘴都是欺騙和謊言。

就像理查的謊言一樣，馬克白的謊言沒有太多人相信。鄧肯的長子馬爾康

姆（Malcolm）對弟弟耳語說：「假裝出一副悲哀的臉，是那個奸人的拿手好戲。」（2.3.133-34）他的弟弟表示同意：「我們現在所在的地方，人們的笑臉裡都暗藏著利刃。」（2.3.136-37）就像理查王國裡的機警倖存者那樣，兩人都逃命去了。

那些還留在蘇格蘭的人反覆複述馬克白的官方說法：鄧肯是被貼身侍從謀殺，而貼身侍從又是由鄧肯的兩個兒子授意，所以兩個王子現在都跑了。那些貼身侍從已經無法盤問，因為馬克白出於對國王被殺的「激烈義憤」，已經手刃他們。對新政權來說，這是一個方便好用的故事，可以讓馬克白的統治得到一個正當性的門面。暴君權力倘若看似是舊秩序的延續會更容易發揮。原有結構也許已經被挖空，只剩下裝飾作用，但空殼的繼續存在可以讓旁觀者說服自己（他們渴望心理上的安全感和幸福感），法治仍舊維持。

但不管怎樣，馬克白的朋友班柯（Banquo）清楚知道發生了什麼事。在「女巫三姊妹」向馬克白說出預言時，他也在場，後來目睹預言的內容一一成

130

真。他自忖說：「你現在已經如願以償了：國王、考特、葛萊密斯❶。一切符合女巫們的預言，但你得到這種富貴的手段恐怕不大正當。」（3.1.1-3）不過，雖然是個有原則的人，但他既沒有把想法說出來，也沒有逃走。他不像白金漢那樣助紂為虐，他是馬克白的盟友，況且也沒有證據證明他懷疑的事情。

另外，「女巫三姊妹」的預言也和他有關：「你雖然不是君王，你的子孫將要君臨一國。」（1.3.68）既然「女巫三姊妹」對馬克白所說的預言成真，那有關他班柯的預言就沒有理由不成真：「難道就我所說的預言不會一樣成真／因而讓我充滿希望嗎？」（3.1.9-10）

一對朋友的關係就此改變了。馬克白對班柯說話仍然很親熱，就像他們原有的親密友誼毫無變化，不過班柯的回答一板一眼，等於承認了彼此有尊卑之別：

❶ 譯註：指馬克白如願成為了國王和考特及葛萊密斯兩地的領主。

謹遵陛下命令。我的忠誠永遠接受陛下的使喚。（3.1.15-18）

不過，馬克白已經學到了暴君的主要一課：他不可能有真正的朋友。他看似隨意的一問——「今天下午你要騎馬去嗎？」——乃是安排謀殺朋友的前奏。在囑咐殺手行兇之前，馬克白沉思說：「我對班柯恐懼甚深。」除了要殺手殺死班柯，又敦促他們務必殺死班柯的兒子弗里恩斯（Fleance），因為他知道，如果弗恩斯活著，「女巫三姊妹」有關班柯會有國王後代的預言就可能會成真。馬克白忿忿不平地想到，如果真是這樣，那他玷污自己的靈魂「只便宜了班柯的子孫當王！」（3.1.70.）

在《理查三世》，莎士比亞只在將結尾處暗示過暴君有著自我玷污意識：「我因為自己做過的可恨行為，相當恨我自己。」（5.3.188-89）但在《馬克白》，這種意識從一開始便縈繞。與這種自毀聲譽意識相隨的，是一種他稱之為「無休止的敲鑿」（3.2.22），也就是一種不間斷的、侵蝕一切的焦慮。馬克

132

白把焦慮歸咎班柯，就像班柯是擋在他和幸福之間的唯一障礙⋯「除了他以外，我什麼人都不怕，只有他的存在卻使我惴惴不安。」（3.1.54-55）不過，馬克白向妻子披露的這種內在折磨，並不能被他雇去除掉自己朋友的兇手治癒。

馬克白夫人知道丈夫的心理狀態同時威脅到他們夫妻倆。她思忖說：

費盡了一切，結果還是一無所得，我們的目的雖然達到，卻一點也不感覺滿足。要是用毀滅他人的手段，使自己置身在充滿著疑慮的歡娛裡，那麼還不如那被我們所害的人，倒落得無憂無慮。（3.2.4-7）

但是她究竟希冀什麼？就像她自己承認的，暴君是透過摧毀──摧毀人民和整個國家──而被造就。她會認為他們夫妻的個人滿足感、安全感和快樂是可以用同樣手段達成的，和她在洗去手上被殺國王的血漬時所說的膚淺話語一致相符⋯「一點點的水就可以替我們泯除痕跡。」（2.2.70）

馬克白夫妻的親密紐帶對他們弒君的決定很有幫助，而在他們一起弒君之後，那也是兩人剩下的唯一人際紐帶。不過，現在不管妻子對丈夫說什麼——「你為什麼一個人孤伶伶的？」、「木已成舟」、「歡快起來吧」——都無法讓他的內心折磨平靜下來。她的強顏歡笑和就事論事在他的苦惱面前顯得空洞：「我的心裡充滿了毒蠍子，愛妻。」雖然繼續使用愛稱來稱呼太太（這在莎士比亞筆下的夫妻非常罕見），馬克白已經不再和她分享自己的暗黑企圖。當她問他準備怎樣處置班柯時，他回答說：「妳暫時不必知道，最親愛的寶貝，等事成後我再告訴妳，讓妳鼓掌稱快。」（3.2.44-45）

她的鼓掌機會就發生在當晚，不過事情卻出了重大差錯。兇手向馬克白回報，說他們已經殺死班柯（「他已安安穩穩躺在溝裡，頭上有二十道傷痕。」），卻沒有能夠讓班柯的兒子同樣「安安穩穩」。馬克白聽到這話時的反應，透露出自己獨特的心理狀態，還有暴君的幻想和負擔：

我的怒氣又要發作了，否則我便一無缺少。我本來可以像大理石一樣完整，像岩石一樣堅固，像空氣一樣廣大自由，但現在我卻被惱人的疑惑和恐懼所包圍和拘束。（3.4.22-26）

「否則我便一無缺少」——馬克白一直嚮往完整以及如石頭般堅不可摧，又或是像看不見的空氣一樣的廣大無邊。在這兩種情況中，他的夢想都是逃避人類狀態，因為這種狀態讓他感受到一種不能忍受的幽閉恐懼。這種嚮往幾乎令人同情，看起來就像追求一種不可能實現的精神境界。只不過，馬克白用來追求這境界的方法卻是謀殺朋友和對方的兒子。

在這裡，一如在莎士比亞其他劇作，暴君的行為都是由病態的自戀助長。其他人的生命並不重要，重要的是暴君要感受到「完整」和「堅固」。他告訴妻子：

與其我們這樣在恐懼中吃飯，夜夜睡眠都被惡夢侵擾，倒不如讓宇宙崩解，天上人間同被摧毀。（3.2.17-19）

毫無疑問，他做的惡夢都是十足可怕。雖然這是他咎由自取，我們也許還是會對他有一絲同情。不過，這種同情卻會在看到他對其他人和事的漠不關心態度時戛然而止。他漠不關心的還包括地球本身…「讓一切秩序解體吧。」（3.2.16）光是摧毀一個和自己的敗德形成鮮明對比的人並不能讓暴君感到滿足。馬克白這樣評價班柯：

很多事他都敢做，並且在無畏之外還有一種智慧，引導他的勇氣去平穩地活動。（3.1.52-54）

除了要摧毀這個人之外，也必須摧毀他兒子。暴君不只企圖荼毒現在世代，還

136

企圖荼毒未來世代，讓自己的統治可以萬世無疆。所以，不只是陰謀的緊迫讓馬克白成為像理查那樣的小孩殺手。暴君都是未來的敵人。

但事實證明，要消滅未來和過去比暴君所想像的困難。弗里恩斯成功逃走。而就像理查在夢中被他殺死的人的鬼魂糾纏那樣，馬克白也在他和妻子主持的王宮宴會中受到滿身血污的班柯的鬼魂縈繞。魂魄角色不只是暴君被壓抑的良知的象徵，還是他心靈衰敗的象徵。馬克白夫人企圖用以前用過的方法，振作丈夫的勇氣。「你是個男子漢嗎？」她問道，又譴責他的軟弱：

這種突發的驚慌和真的恐懼相比，乃是騙人的東西，和女人在冬日火爐旁邊講述從祖母聽來的故事倒是很相稱。真可恥！（3.4.64-67）

但是，曾經讓她的性暗示嘲諷非常有力量的夫妻親密關係已經褪色，馬克白的恐懼有增無已。那些看見他的奇怪舉動和瘋人瘋語的人，都意識到他有什麼地

方嚴重不對勁。

晚宴的客人面對一個莎士比亞反覆描寫的問題：在暴君政權中，觀察者——特別是居高位的觀察者——清楚看見他們的領袖精神不穩定。看見馬克白非常慌亂時，洛斯（Ross）大膽說：「陛下生病了。」（3.4.53）但是他們應該怎樣做呢？弔詭的是，馬克白夫人企圖掩蓋這個問題的辦法是指稱丈夫一直以來都是這個樣子：「王上常常這樣，從小就有這種毛病。」（3.4.54-55）雖然這個透露讓人困擾，但總沒有比新患精神病嚴重，因為它暗示著馬克白多年來除了這樣偶然發作，其他時候都是有能力且穩定的。但因為這樣的發作有可能讓暴君的殺人勾當穿幫，馬克白夫人迅速結束晚宴：「請各位還是散了吧。大家不必推先讓後，請立刻就去，晚安！」（3.3.120-22）她不想讓別人再聽到丈夫的自白口供。

當最終只剩下他們兩人的時候，她靜靜傾聽丈夫繼續叫嚷（「流血是免不了的，據說流血必定會引起流血。」〔3.4.124〕），沒有再次責備或安撫丈

夫，就好像他們之間有什麼已經死掉了。他透露自己有了一個新的懷疑對象：麥克達夫（Macduff），因為對方沒有接受晚宴的邀請。馬克白夫人用一種奇怪的非個人語氣問道：「你有派人去請他嗎？」他回答說自己已在誰的家裡都派了臥底，又表示現在準備去造訪「女巫三姊妹」，看看她們是否會告訴他更多事情。馬克白夫人對此並沒有表示意見，而他再次透露出暴君的可怕自戀心態。

在這種心態面前，一切都必須退讓：「為了我自身的好處，只好把一切置之不顧。」馬克白夫人還是沒有說什麼，而他就像進行內心獨白那樣，反覆重申一個灰暗的想法：「我已經兩足深陷於血泊之中，要是不再涉血前進，向後轉和向前進將同樣的乏味。」（3.4.138-40）

「乏味」是一個非常適合來形容馬克白夢魘處境的字眼。一切有關道德、政治謀略或基本情報的考慮都已經消失，取而代之的只有對其所涉及的努力的計算。更好的做法是不要停下來思考，純粹憑衝動行動：「我想起了一些非常大膽的計謀，必須不等斟酌就迅速實行。」（3.4.141-42）只有這個時候，馬克

白夫人才大膽說出能讓人聯想起他們原本親密夫妻關係的話：「你缺乏眾生的防腐劑：睡眠。」（3.4.143）她丈夫表示同意：「走吧，我們睡覺去。」這是兩人在劇中的最後一次交談。

擺在前頭的是馬克白拚命尋求安穩保證與安全感的結果：他輕易相信了「女巫三姊妹」含糊和欺騙性的預言，又在麥克達夫逃到英格蘭之後下令殺死他的妻子兒女。雖然不安全感、過度自信和兇殘的怒氣是奇怪的同床人，它們卻並存在暴君的靈魂裡。他雖有僕人和下屬，但他本質上是孤伶伶一個人。制度性的拘束對他完全失靈。那些能制止大部分普通人瘋狂衝動行事的內外審查員，在馬克白身上完全付諸闕如。他宣布：「從這一刻開始，我一想到什麼便要付諸實行。」（4.1.145-46）

一直和他分享人生的那個人，已經不再是這人生的一部分。在一場著名的夢遊戲碼裡，我們看見她和自己內心的魔鬼鬥爭，而且具說明作用的是，現在看著她拚命清除手上血漬的（「去，該死的血跡！」〔5.1.31〕）不是她的丈

140

夫，而是醫生和一名侍從女官。聽到妻子死去的消息時，正在為戰爭準備的馬克白幾乎沒有反應：「她反正是要死的，遲早總會有聽到這消息的一天。」（5.5.17-18）

接下來是莎士比亞刻劃身為一個暴君是什麼感覺的最成熟及深思熟慮的嘗試。馬克白知道人民憎恨他，知道自己的名字（正如馬爾康姆所說的）「會讓我們的舌頭起皰。」（4.3.12）他幾乎從一開始——甚至早在弒君以前——就知道自己不適合當國王。他穿戴著各種國王的行頭，但它們和他格格不入，只讓他不適合當國王的事實更加顯著。一個子民指出：「現在他已經感覺到他的尊號罩在自己身上，像一個矮小偷兒穿了一件巨人的衣服一樣束手絆腳。」（5.2.20-22）本來希望自己開創的王朝萬世無疆（他曾經對妻子說：「願妳只生兒子」），現在這種希望已經落空。即使他可以打敗越聚越多的敵人，他人生的前景也是十足黯淡：

凡是老年人所應該享有的尊榮、敬愛、服從和一大群的朋友，我是沒有希望再得到了。代替這一切的，只有低聲而深刻的咒詛、口頭上的恭維和一些違心的假話。（5.3.24-28）

「口頭上的恭維」——別人因為得到他的好處或被迫而給他的假讚美——是他在位期間可望獲得的唯一獎賞。

在《理查三世》中，莎士比亞想像陷入困境的暴君飽受自愛和自憎的撕扯。在《馬克白》中，劇作家探測得更深了。各種背叛、空話和那麼多無辜者的血是所為何來？很難想像我們自己時代的暴君會有片刻的自我反省，但馬克白卻是無所畏縮地描寫了他給自己帶來了什麼：

明天，明天，再一個明天，一天接著一天地躡步前進，直到最後一秒鐘的時間。我們所有的昨天，不過替傻子們照亮了到死亡的去路。熄

滅了吧，熄滅了吧，短促的燭光！人生不過是一個行走的影子，一個在舞台上比手劃腳的拙劣伶人，登場片刻，就在無聲無味中悄然退下。它是一個愚人所講的故事，充滿著喧嘩和騷動，卻找不到一點意義。（5.5.19-28）

值得注意的是，這種讓人癱瘓的絕對無意義感，並不是像某些當代荒謬劇所表現的那樣，是人類的存在境遇。《馬克白》堅持那是暴君命中注定，而「暴君」一詞也在全劇接近尾聲時不斷出現。

「女巫三姊妹」曾向馬克白保證，只有在勃南森林（Birnam Wood）向他移動時，他才會落敗❷。當這個預言被證明是胡說之後，絕望的馬克白發現自己被迫要和麥克達夫對戰，他的妻兒正是死於馬克白之手。馬克白拒絕戰鬥時，

❷ 譯註：等於說他絕不會落敗。

他的敵人叫他投降，說只要投降就饒他不死，但也加諸他所能想像的最大羞辱：

我們要把你像稀有的怪物一般，放在帳篷中展覽。帳篷外面畫著你的像，底下寫著：「請來觀賞暴君。」（5.7.55-57）

雖然已經「飽嘗無數的恐怖」和深沉的絕望，馬克白仍然覺得這樣的結局是讓人不能忍受的低賤。沒有朋友，沒有兒女，孤獨的他唯一能緊握不放的，只有赤裸裸的生命，但他的生命（正如他自己說的）已萎縮成了枯乾的黃葉。他最終選擇挺身戰鬥，結果被殺。麥克達夫把斬下的「被詛咒人頭」高高舉起，宣布暴君統治結束⋯⋯「時代已經獲得自由。」（5.7.85）

144

第8章

大人物的瘋狂

Madness in Great Ones

理查三世和馬克白都是透過殺死合法統治者奪權的罪犯。但莎士比亞還對一種更難防的難題感興趣：有些人一開始是合法統治者，但後來慢慢被心理和情緒不穩定牽引，邁向暴君行為。加諸人民的恐怖是他們心理退化的結果。他們也許擁有顧問和朋友，這些人都有著自我保存的健康本能，也關心國家的安危，不過卻極端難以抵抗由失心瘋引起的暴政。這既是因為暴政乃矢料不及，也是因為他們對統治者長期的忠心耿耿所培養出的順服習慣。

在《李爾王》時代的不列顛，年老的國王已經開始像任性小孩那樣胡作非為，但一開始卻沒有人敢說一句話。決定了要退休之後（「我決心擺脫一切世務的牽縈，把責任交卸給年輕力壯之人。」〔《李爾王》1.1.37-38〕），李爾王召集群臣宣布他的「牢固意向」——也就是他的堅定決定。他宣布將會把王國一分為三，將三個女兒奉承他的能力按比例地分給她們：

女兒們，在我還沒有把我的政權、領土和國事的重任全部放棄之前，

告訴我，妳們中間哪一個人最愛我？我要看看誰最有孝心，最有賢

德，我就給她最大的獎賞。（1.1.46-51）

這是個瘋主意，卻沒有人出言制止。

這有可能是因為大臣們相信，這個古怪的比賽只是一種形式，設計來滿足

國王的虛榮心。畢竟在全劇一開始，地位極高的貴族葛羅斯特伯爵（Earl of

Gloucester）就說他看過國王把王國三分的地圖，覺得劃分得非常妥善。另外，

經過了李爾王漫長的統治，每個人都已習慣了這位偉大領袖無比愛聽別人讚美

的個性。雖然心裡不以為然，他們還是給予他「口頭上的恭維」，告訴他，他

們能活在他的蔭庇之下有多幸福，對他的成就有多麼景仰，愛他更甚於愛「視

力、空間和自由」。（1.1.54）

不過，當李爾王最小也是最愛的女兒寇蒂莉亞（Cordelia）拒絕玩這個讓人

作嘔的遊戲時，氣氛突然僵住。她說：「我按照我的本份愛陛下，不多也不

少。」（1.1.90-91）李爾王被這種有原則的頑抗激怒，剝奪了小女兒的繼承權並詛咒她。然後，終於有一個朝臣敢於公然頂撞國王，他就是肯特伯爵（Earl of Kent）。剛開始，忠心的肯特說話時仍謹守必要的君臣禮節，但李爾王猛地把他的話打斷。伯爵於是不再管宮廷禮節，直接說出他的反對意見：

朝的端人正士只好直言極諫。（1.2.143-49）臣僚就不敢說話了嗎？君主不顧自己的尊嚴，幹下了愚蠢的事情，在你究竟要怎樣，老頭兒？當權者聽信諂媚的時候，你以為盡忠職守的

朝廷上還有其他大人。看著這一幕發生的還有國王的大女兒瑞根（Regan）和二女兒貢納莉（Goneril），以及她們的丈夫奧本尼公爵（Duke of Albany）與康華爾公爵（Duke of Cornwall）。但他們和其他在場的人，沒有人對肯特的話表示附議或對國王提出最輕微的抗議。只有肯特敢於公開說出每個人

148

都明明白白看見的事情：「李爾瘋了。」（1.1.43）因為坦白，這個說真話的人被永遠驅逐出王國，膽敢返回就處死。仍然沒有其他人敢說話。

李爾王的朝廷正面對一個嚴重且有可能無解的難題。在這齣戲設定的遙遠時代（背景約略是西元前八世紀），不列顛並沒有任何機構或官職（不管是議會、樞密院、尚書或大祭司）可以節制王權。雖然國王也許會向大臣尋求忠告，最關鍵的決策仍是由他單獨決定。當他說出自己的願望時，他預期別人會服從。但整個制度奠基於一個假設：他頭腦正常。

即使在有多重權力節制機構存在的系統裡，最高行政者仍然擁有相當大的權力。當行政者的心智能力已不適合做出決策時會發生什麼事？萬一他做出一些危害國家的決定怎麼辦？在李爾王的情況，這位統治者十之八九從來不是穩定或情緒成熟的模範。討論父親對小女兒的詛咒時，李爾王的另外兩個女兒指出，父王步入高齡後，那些二直見於他身上的特質更加劇了。她們其中一個說：「這是他老糊塗，然而他何曾有過頭腦清楚的時候。」另一個表示同意：

「他還是壯年時性子就很暴躁。」（1.1.289-92）

妹妹被剝奪繼承權並未對瑞根和貢納莉造成損失。因為她們可以分得原屬妹妹的那一份王國，她的失寵反而更符合她們的利益。所以她們並沒有試圖緩和父親的暴怒。不過她們知道，任何時候都有可能輪到她們被修理。她們需要同時應付父親根深柢固的心靈習慣（她們稱之為「長年積習的劣性」）和老年的徵候：「他上了年紀，我們不但要承受他長年積習的劣性，還得忍受他那與年紀同來的脾氣。」（1.1.292-95）最讓她們擔心的是他的「任性發作」，也就是他放逐肯特時表現出的狂性大發。國家由聽憑衝動主宰的人治理是極端危險的。

瑞根和貢納莉都是只關心自己的惡人。不過她們知道自己手上有一個燙手山芋，必須盡快採取步驟處理，才能保護自己的利益。雖然父親把國家的管理權交給了她們和她們的丈夫，但保留了一支兩百人的侍衛隊。兩個女兒幾乎馬上就奪去他的衛隊，以防他做出什麼荒唐事。她們先把衛隊人數削減為五十

人，再削減為二十五人。」貢納莉說：「依我說，不但用不著二十五個人，就是十個、五個也是多餘的。」瑞根說：「依我看來，一個也不需要。」（22.442-44）這種削減是出自一種認知：不應該讓一個習慣發號司令的衝動型自戀者控制哪怕只是一小支軍隊。

當李爾王剛開始以魯莽和自毀的方式行事，寇蒂莉亞和肯特是唯一願意勸阻他的人。兩人都是出於忠愛之心，想要保護他們敬愛的父王和國王。然而，隨著他們被放逐和李爾王的遜位，已經沒有事情可以防止國家陷於瓦解。這瓦解是由李爾王那不合法的怪念頭引起，但他卻不是暴君衣缽的繼承者。繼承者是他兩個壞心眼的女兒。她們對法治沒有半點尊重，也不在乎最基本的道德規範。

肯特因為對李爾王忠心耿耿，所以甘冒生命危險，喬妝易容返回國內，想要拯救被摧毀的主人。不過為時已晚，李爾王被他自找的災難所噬，肯特被有效的消音，寇蒂莉亞遭到放逐。唯一仍可公然說出人人都知道的實情的只有

「弄人」（the Fool），他的角色相當於一個深夜節目的諧星，被社會成規批准可以說些觸犯禁忌的話。他對李爾王說：「我比你強。我是個蠢才，你卻什麼都不是。」（1.4.161）但在李爾王兩個女兒主持的新政權底下，就連這樣有限的言論自由都被取消。貢納莉清楚告訴父親，她不會容忍這個「有執照的傻瓜」肆無忌憚。（1.4.168）最後弄人和瘋了的李爾王一起被趕出王宮，在寒風中發抖，再沒有於劇中被提起。

和理查三世或科利奧蘭納斯（Coriolanus）不同，我們對李爾王的童年幾乎一無所知，也因此不可能知道他人格失調的種子是如何播下。在他身上，我們只看到一個習慣別人凡事都順從他意、不能忍受頂撞的人。同一個盲人和一個乞丐坐在一間破茅屋躲風避雨時，瘋癲的李爾仍以為自己是九五之尊：「我只要一瞪眼睛，我的臣子就要嚇得發抖。」（4.6.108）不過，仍有一些艱苦得來的真理像閃電一樣穿過他的瘋癲。他回憶說：「他們像狗一樣向我獻媚。」人在他還是毛頭小伙子時就稱讚他擁有成熟智慧，他現在明白了。這是他的自

152

戀心態的一大根源：「我說一聲『是』，他們就應一聲『是』；我說一聲『不』，他們就應一聲『不』！」（4.6.97-100）

這樣的成長背景讓李爾不可能看清楚自己家庭、國家甚至身體的真相。他是一個讓子女害怕的父親、一個分不清忠臣與奸臣的君主、一個看不見人民需要的國王。在全劇的第一部分，當李爾仍然在位時，是完全看不見這些人民的，就像國王從來懶得管他們的死活。望向鏡子的時候，他總是看到一個比真人更大的鏡像：「從頭到腳都是君王。」（4.6.108）所以，當他在又冷又發燒的情況下，突然領悟自己以前一直被一群老是對他說謊的阿諛奉承者包圍時，不禁大吃一驚：

雨把我打濕的時候，風吹得我發抖的時候，雷聲不肯聽命停止的時候，我看穿他們了，我嗅出他們來了。去吧，他們不是信實的人。他們說我是萬能的。那是個謊，我並非能夠不染瘧疾的。（4.6.100-105）

「他們說我是萬能的」。對一個那麼極端的唯我論者來說，理解到自己就像任何人那樣會有身體病痛，乃是一種道德勝利。

不過，莎士比亞堅持正視這種相當普通的領悟的悲劇代價。雖然李爾堅決認為自己「遭的報多於犯的過」，但對於兩個女兒是扭曲怪物的事實，他亦無法完全免責。他當然也無法對於小女兒的災難性命運免責——他唾棄她的道德誠正，也未能理解她對自己的愛。另外，他顯未能區分貢納莉丈夫奧本尼和瑞根丈夫康華爾的不同為人（一善良，一暴戾），也未能理解自己分裂王國之舉極容易引發兩個統治集團的暴力衝突。

要到了流落街頭和暴露在暴風雨中之後，他才明白在這塊被他統治幾十年的土地上，無家可歸者的困境。隨著雨水打在他身上，他問了一個有力的問題：

衣不蔽體的不幸人們，無論你們在什麼地方，都得忍受著這樣無情的

的衣服千瘡百孔，怎麼抵擋得了這樣的天氣呢？（3.4.29-33）

暴風雨襲擊，你們的頭上沒有片瓦遮身，你們的腹中饑腸雷動，你們

不過，即使在他問這個問題之際，他都知道自己不可能去做什麼以緩解不幸者的痛苦：「啊！我一向太沒有想到這種事情了。」而他現在的想法——應該讓有錢人暴露在與不幸者的同樣困苦中，這樣，他們也許就會願意和窮人分享多出來的財富——並不構成他統治的國家一種新經濟願景。

導致李爾做出災難性決定的自以為是心態，並沒有因為他暴露在逆境中消失，仍然存在於他的知覺的組織原則中。所以當他碰到一個無家可歸的乞丐時，他只能想像對方的不幸是出自和他一樣的理由：「你是把一切都給了女兒才會落得這種田地吧？」（3.4.47-48）他認定必然是這樣，所以開始詛咒乞丐幾個不知感激的女兒。當肯特糾正這個錯誤時（「陛下，他沒有女兒」），李爾勃然大怒，罵道：「該死的奸賊！他沒有不孝的女兒，怎麼會淪落這等不堪

的地步？」雖然這個時候李爾已經失去一切，卻繼續有著不容別人反駁的暴君

心態：「該死的奸賊！」

在全劇近尾聲處，李爾恢復部分神智，承認自己行為荒唐，乞求寇蒂莉亞

原諒（寇蒂莉亞從英格蘭回來要為父親戰鬥）。不過，即使在這個時候，他仍

然難以和當初導致災難的自我中心心態拉開距離。和寇蒂莉亞一起被冷酷無情

的愛德蒙（Edmund）俘虜之後，他堅決拒絕女兒要他求見兩個姊姊的建議：

「不，不，不，不！」（5.3.8）為什麼他會不願意向兩個女兒乞求憐憫？因為

他仍然身處在幻想中——一些不切實際和高度自私的幻想。他以為和小女兒一

起待在監獄中，他就會得到自己當初原想得到的：「在她的殷勤看護之下終養

天年。」（1.1.121）他對寇蒂莉亞說：

　我們倆要像籠裡的鳥一般唱歌。妳要我祝福時，我便跪下，求妳饒

恕。我們就這樣生活著，祈禱，唱歌，講老故事，笑那班紈袴的廷

156

臣，聽窮人談朝中事。我們也和他們交談，談誰得寵、誰失勢、誰在朝、誰下野，假裝了解一切內幕，就像我們是上帝的暗探一般。

（5.3.9-17）

即使寇蒂莉亞有可能與他分享這個幻想和受到吸引，她仍然太過現實，知道那是不可能的。被帶到監獄去時，她自知必死，痛苦中沒有回答父親的話。

在創作生涯晚期所寫的戲劇《冬天的故事》中，莎士比亞再次回到合法統治者因為陷入瘋癲而表現得像個暴君的問題。西西里國王雷昂提斯（Leontes）出現這種情形並不是由於老邁昏聵，而是疑心病忽然發作：相信即將臨盆的妻子赫米溫妮（Hermione）和人通姦，懷了不是他的孩子。他懷疑自己最好的朋友波希米亞國王波力克希尼斯（Polixenes）就是姦夫，當時波力克希尼斯在西

西里已作客九個月。雷昂提斯向自己的主要顧問卡密羅（Camillo）透露這種想法，卡密羅聽後大驚失色，設法改變他的這種執念：「陛下，請趕快去掉這種病態思想，它十分危險。」（《冬天的故事》1.2.296-98）但雷昂提斯堅持自己的指控屬實，又在卡密羅再次勸諫時暴跳如雷：「是真的。你說謊！你說謊！我說你說謊！卡密羅，我討厭你。」（1.2.299-300）猜疑的國王提不出證據，但是仍堅持己見。

一個暴君並不需要講究事實或提供證據。他預期自己光是提出指控便已足夠。如果他說某個人背叛他、取笑他或試探他，就不容不是如此。任何反駁他的人不是騙子就是蠢才。暴君最不想要的就是正言直諫，哪怕他表面上鼓勵別人這樣做。他想要的確實是忠誠，但他所謂的忠誠不是指正直和有責任感。他指的是別人毫無保留地認同他的意見，毫不猶豫地馬上執行他的命令。當一個專橫、疑神疑鬼和自戀的統治者要求大臣們盡忠的時候，國家就會陷入危險。

所以，當卡密羅沒有附和雷昂提斯的瘋癲疑心病時，雷昂提斯激烈指責他

不忠、懦弱或疏忽大意。不滿足只是把卡密羅臭罵為「大大的蠢貨，沒有腦子的奴才」（1.2.301-2），他要求這個大臣用行動證明自己絕對忠誠。按照雷昂提斯的想法，只有一個方法可以作為證明。他命令卡密羅毒死波力克希尼斯。

卡密羅知道自己陷入了大麻煩。他的主上不但瘋了，還極端危險。企圖忠誠地勸諫只會招來更多怒罵，而他也意識到，如果拒絕按國王的吩咐做，自己就會被殺。他也曾考慮過要執行命令。他思忖：「做這件事，升官就會隨之而來。」不過卡密羅是正派的人，不是唯利是圖之徒。這也是何以他一開始就敢於質疑國王的懷疑。另一方面，他又不想當烈士，所以只剩下一個選項：向波力克希尼斯通風報信。當晚，兩人急忙逃出西西里，和他們一起走的還有陪同波希米亞國王前來進行國是訪問的侍從。

逃走是個狗急跳牆的選項，沒有回頭路，也不是任何人都可以採用。作為國王的首席顧問，卡密羅有權命令城門守衛打開城門，而波力克希尼斯的船隻就停在港口，等他上船。若要逃走，卡密羅當然得拋棄所有家財和在西西里的

高官厚祿，但他顯然沒有家人需要擔心，而他剛剛救了波力克希尼斯一命，所以也一定會被這位波希米亞的統治者保護和重用。正如卡密羅所說的，在「這個極端緊急的時刻」，重要的是逃出暴君的勢力範圍。

但可憐的赫米溫妮卻沒有這樣的選項可供選擇。直到雷昂提斯發作以前，她不可能知道丈夫對自己充滿懷疑和憤怒。等待臨盆這段期間，她都在照顧幼子邁密勒斯（Mamilius）以及跟好朋友寶麗娜（Paulina）聊天，並且為丈夫熱情招待他最好的朋友。事實上，赫米溫妮就是受丈夫之託，說服在西西里已經待了很久的波力克希尼斯再多留一陣子。不過，這種好客的表現如今卻被疑神疑鬼的雷昂提斯看為她不忠的證明。當卡密羅企圖為王后辯解時，雷昂提斯怒道：

難道那樣悄聲說話算不上一回事嗎？臉貼著臉，鼻子碰著鼻子，嘴唇咂著嘴唇，笑聲裡夾著一兩聲歎息，這些錯不了的失貞表徵，都不算

這些指控有多少是事實並不重要，重要的是，雷昂提斯認為他所看見的已足以在他心裡定她的罪。

一回事嗎？（1.2.284-89）

波力克希尼斯和卡密羅的逃離讓雷昂提斯認為自己的懷疑獲得證實。現在看來清清楚楚的是，他一向信賴的卡密羅乃是波力克希尼斯的同謀，是「他的皮條客」。他因此得到結論：有「一個要取他性命的陰謀」。為了對抗這個陰謀，他下令逮捕並監禁王后。當他在朝上宣布王后通姦時，群臣一片錯愕。他們起初就像卡密羅一樣，設法否定這個指控，把它歸咎於某些滿肚子壞水的造謠者，指出「造謠生事的人會不得好死。」（2.1.142-43）他們一個呼籲說：「求陛下你叫王后回來吧。」另一個警告說：「陛下，你應該仔細考慮所做的事，免得你的秉公反而變成了暴虐。」（2.1.127-29）雷昂提斯不予理會。他告訴他們：「住嘴！別再說了！你們都是死人鼻

子，冷冰冰地聞不出味來。」（2.1.152-53）他沒有興趣聆聽他們的說法，也不要求他們同意。「哼，我何必跟你們商量？我只要照我自己的意思行事就好。」（2.1.162-64）照他自己的意思行事，就等於是照他的衝動行事⋯

我不需要徵求你們的意見。這件事情怎樣處置，利害得失，都是我自己的事。（2.1.169-71）

當然，從群臣的觀點看，整起「事件」——宣稱有一個謀害君主的陰謀存在、國王的主要顧問逃走及王后被監禁——很難說是雷昂提斯一個人的事。不過就像暴君的典型態度那樣，他把國家視為是自己的。他的唯一讓步——他說那是一個「對別人心靈的讓步」——是派遣使者前往德爾斐（Delphos）的阿波羅神廟，求取神諭。在其他事情上不再被徵詢的群臣表示同意。

在《李爾王》中，採取決定性的一步，拒絕國王蠻橫要求的是個女人（寇

162

蒂莉亞），在《冬天的故事》裡，也是一個女人最強烈反對暴君的意向。這位主要的挑戰者不是雷昂提斯被冤枉的妻子赫米溫妮（雖然她的自我辯白既勇敢又有力），而是她的好朋友寶麗娜。寶麗娜去探親被監禁的王后，建議把王后剛產下的嬰兒帶去給國王看，希望這樣可以讓他恢復理智。當監獄官擔心自己擅自放一個嬰兒出監會被究責時，寶麗娜要他放心：

你不用擔心，大人。這孩子在娘胎裡是囚犯，但一出了娘胎，按照法律和天理，便是一個自由和解放了的人。王上的憤怒和她無關。王后要是果真有罪，那錯處也牽連不到小孩的身上。（2.2.59-64）

在這具披露性的片刻，我們瞥見了那個在統治者胡作非為時變得特別重要的官僚結構。如果發生了任何程序異常，就有需要一個高階官員站出來，負起責任：寶麗娜是國王顧問安提哥納斯（Antigonus）的貴族妻子，地位相當高。

她再次向監獄官保證：「別害怕，我會站在你和你的危險中間。」（2.266-67）
然而我們馬上知道，確實有理由害怕。暴君雷昂提斯無法入睡：「我白畫黑夜都不得安寧。」（2.3.1）他的兒子邁密勒斯因為媽媽被捕病倒了。在擔心兒子的病情之外，雷昂提斯又老想著要報仇。他對於波力克希尼斯和卡密羅固然無計可施，但是他卻可以隨意處置那個淫婦。他心想，「若是她死了，若是把她給燒了」（2.3.7-8），他也許至少可以恢復一些睡眠能力。

這就怪不得寶麗娜抱著小女嬰到雷昂提斯的寢宮時，侍臣不讓她進去。但寶麗娜沒有靜靜離開，反而要求他們幫忙。她問道：「唉，難道你們擔心他的暴君戾氣更甚於王后的性命嗎？」（2.3.27-28）他們指出國王無法入睡，但她反駁說：「我來就是要幫助他入眠。」又怪責侍臣實際上是在助長國王的神智不清……

都是你們這種人，像影子一樣在他旁邊輕手輕腳地走來走去，偶然聽

見他的一聲嘆息就大驚小怪地發起急來。都是你們這種人害得他不能安睡。（2.3.33-36）

她自己倒是有一個極大膽的策略：把國王狂熱認定不是自己所生的小孩交到他手中，讓他從瘋狂中驚醒過來。但這辦法失敗了。雷昂提斯只是更加怒不可遏。他下令把這個「野種」給燒了，然後又轉向寶麗娜，威脅要把她一起燒死。「我不在乎。」勇敢的寶麗娜回應道，接著說出莎士比亞劇作中最雄渾的兩句台詞：

生火燒人的是異教徒，被燒的不是。（2.3.114-15）

暴君統治具有倒轉權威的整個結構的效果：正當性不再寄託於國家的中心，而是授予了遭其暴力所侵害的人。

寶麗娜把小女嬰帶到寢宮是她丈夫安提哥納斯授意，雷昂提斯指控這位大臣是

寶麗娜的命撿回來了，但雷昂提斯的瘋狂和暴君衝動並未稍減。因為懷疑

的命令貫徹到底。最後他只是下令她離開寢宮。

大概是戰略性的：因為被她那樣一說，雷昂提斯就會有所忌憚而不致把燒死她

嗎？她要是認定我真的是暴君，絕不敢這樣喊我。」（2.3.121-23）寶麗娜的話

雷昂提斯不讓這番話不受質疑。他告訴群臣：「假如我是暴君，她還活得了

（2.3.115-18）

毫無根據的想像就隨便加以污衊，不能不說有一點暴君的味道。

我不願把你叫作暴君。可是你對王后的殘酷凌辱，只憑著自己的一點

她對於直接指控他為暴君看來有一點點保留：

寶麗娜先前提過國王的「暴君戾氣」，又曾當著他的面說「你瘋了」。但

166

個叛徒。安提哥納斯若想證明自己不是叛徒，就必須把嬰兒殺死。雷昂提斯命令他說：

現在就把她抱起來。一小時之內來回報，而且一定要拿出證據來，否則你的命和你的財產都要不保。（2.3.134-37）

這其中沒有法律程序，沒有一點對文明規範的尊重。在一個猜疑和確定性分不開的社會，忠誠是透過執行暴君的謀殺命令加以證明。

不過，西西里仍然保留著一些道德力量。雷昂提斯的暴君行為是突然陷入瘋狂所導致，直到最近為止他都不是小丑般的惡徒，而是備受尊敬和完全合法的統治者。也正如卡密羅和寶麗娜所同時證明的，他是被一些正派的人而非唯利是圖之輩包圍，他們都習慣於說出心裡的話。雖然群臣驚恐（雷昂提斯斥罵他們說：「你們全是騙子！」〔2.3.145〕），但他們並沒有完全沉默。一個大

臣跪下來求他收回成命，不要把小嬰兒燒死：「我們一直忠心耿耿地伺候你，請你尊重我們的意見。」雷昂提斯勉強同意，下令安提哥納斯把嬰兒帶到偏僻地方丟棄，任其自生自滅。

在後來展開的浪漫化情節中，這個命令的變更帶來了重要後果。它先是導致了安提哥納斯的死亡（透過一個舞台指示表達：「下，被一頭熊追趕」❶），最後則導致雷昂提斯的女兒潘狄塔（Perdita）在十六年後奇蹟似地出現。不過在回應群臣要求的那一刻，雷昂提斯雖然稍微改變了殺死嬰兒的命令，但他的行為和意圖都沒有多少改變。這是要點之一：一旦國家落在一個不穩定、衝動和一心復仇的暴君手中，將沒有任何平常的節制機制可以發揮作用。明智的忠告會被充耳不聞，犯顏直諫會被晾一邊，大聲的抗議只會讓情況更惡化。

因為決心向通姦的妻子報復，雷昂提斯讓赫米溫妮接受大逆罪審判。在傳王后出庭應審時，他宣布說：「沒有人能說我蠻不講理，因為我是公開依法審

判。」（3.2.4-6）雖然從公共關係的角度看，公開審判要比私下毒死犯人可取，但莎士比亞世界的每個人都完全知道，公開審判只有一個可能的結果。在統治者的控制下，法院會坐實最荒謬不實的指控。審判赫米溫妮只是一種擺樣子公審（show trail）。亨利八世召開過那樣的公審，史達林也在我們的時代召開過。

不過，《冬天的故事》裡的公審和亨利八世或史達林的公審有一個意義重大的小小不同，那就是被控叛國的人並未承認子虛烏有的指控。正好相反，她帶著尊嚴和頑強的優雅，揭穿暴君的所謂「依法」審判：

我所要說的話必定和控告我的話相反，而在這方面除了我自己的聲述以外，也舉不出其他證據，因此即使我說無罪也沒有什麼用處。

❶ 譯註：「舞台指示」指劇本裡的敘述性文字說明。「下」是指示演安提哥納斯的演員下場。

儘管如此，她還是表示，她深信「如果天神注意著人類的行為」，那麼她的「無辜終將使誣告報顏，暴虐終將對忍耐戰慄。」

（3.2.20-24）

何謂「暴虐終將對忍耐戰慄」？有些反抗形式的力量不是寄託在反擊不義（不管怎樣，這種反擊都是赫米溫妮無能為力的），而是寄託在忍耐和等待——同時是等待個人的沉冤得雪和壓迫者可能的道德覺醒。被幻覺和義憤攫住的雷昂提斯不可能知覺到這種力量，更遑論對它戰慄。他繼續給妻子安罪名，這些罪名一個比一個更匪夷所思，讓赫米溫妮懶得去弄明白它們的意義。

她說：「陛下，你說的話我不懂。我現在只能獻出我的生命，給您異想天開的惡夢充當犧牲。」（3.2.78-79）雷昂提斯的反應無意中觸及問題的核心：「妳的行為便是我的夢。」（3.2.80）如果暴君夢見有欺詐、背叛或叛國，那麼欺詐、背叛或叛國罪就存在。

170

因此，幾乎不可能打破這種唯我論式的幻想。使者從阿波羅神廟帶回了密封的神諭，在法庭上打開和朗讀。這一次的神諭完全沒有阿波羅神諭常見的含糊其辭：

「赫米溫妮是貞潔，波力克希尼斯沒有過失，卡密羅是忠臣，里昂提斯是善妒的暴君，無辜的嬰兒是他所親生。倘若棄嬰不能尋獲，國王將絕嗣。」（3.2.130-33）

但即使是這樣，多疑暴君的執念仍然不動如山。他頑固地宣布說：「這神諭全然不足憑信。」審判繼續進行。

要直到他的兒子邁密勒斯由於為母親的命運擔驚受怕，憂傷而死，雷昂提斯才受到真正嚴重的衝擊，從瘋狂中驚醒，把兒子的死看成是阿波羅怒氣發作的表徵。他希望馬上行動，至少挽回他造成的一部分破壞：「我願意和波力克

希尼斯修好，向王后求恕，召回善良的卡密羅。」（3.4.152-53）但事情沒有這麼簡單。赫米溫妮在聽到兒子的死訊後崩潰了，寶麗娜傷心難當。早前她曾努力克制自己的毒舌（「我不願意稱你為暴君。」），但她現在把一切節制甩開，狠狠地問雷昂提斯：「暴君，你有什麼酷刑給我預備著？」（3.2.172）她告訴他，他的暴虐無道，再加上他的嫉妒，不只讓他設法唆使卡密羅毒殺波力克希尼斯、讓他拿自己襁褓中的女兒去餵烏鴉和導致兒子的死亡。現在它們作為暴虐行為的最高傑作，又導致他妻子的死亡。

寶麗娜的赤裸裸坦白在法庭上引起一片驚恐。不過，這個創傷已經讓雷昂提斯變成了一個不同的統治者和不同的人。他歡迎寶麗娜說出的事實，承認自己確實帶來了可怕的破壞。《冬天的故事》沒有讓他被趕下王位，像李爾一樣在自己統治過的王國裡成為無家可歸的流民。他依然是西西里的國王，但展開了漫長的懺悔和自責。接下來劇情跳過了十六年——「時間老人」（Father Time）一度登台，鼓勵觀眾想像這段時間自己在睡覺。

172

劇情恢復時，雷昂提斯仍然處於深深的自責。群臣勸他原諒自己和再婚，好讓王國能夠有個繼承人。不過寶麗娜——她扮演著類似治療師的角色——毫不鬆懈地強迫他面對自己的罪過並保持不婚狀態。她告訴他：

即便你和世界所有女人一一結了婚，或是從每個活著的女人取一項優點來造就一個完美的女性，也不會比被你害死的那位更好。（5.1.16-18）

雷昂提斯回答說：「害死？她被我害死？沒錯，她確實是我害死的，但聽到妳這樣說還是讓我難過。」（5.1.16-18）他答應若沒有得到寶麗娜同意，永不再婚。

在結尾處，《冬天的故事》安排國王和他失去的女兒團聚，又透過一個極度戲劇化的情節讓國王和他相信已經死去的妻子團聚。有一天，寶麗娜把雷昂

提斯帶到自己的藝廊去看一尊赫米溫妮的雕像。奇蹟似地，雕像竟然活了起來，走下基座，擁抱丈夫和女兒。但沒有什麼可以完全擦拭掉暴政的記憶，沒有什麼可以換回沉浸在悲傷中的十六年，也沒有什麼可以恢復友誼、信賴與愛的天真爛漫。雷昂提斯驚訝於再次看到妻子，但他最初的反應是奇怪歲月在她身上留下的痕跡：「赫米溫妮臉上沒有那麼多的皺紋，並不像這尊雕像一樣老啊。」(5.3.28-29) 暴政結束後也許仍會有新生活，但這新生活再也無法和原來的一樣。在暴政中失去的某些東西永遠不可能恢復。對此，一個最讓人傷感的象徵是雷昂提斯的兒子邁密勒斯：他因為悲傷而死，並沒能在後來一連串的快樂團聚中奇蹟復活。

儘管如此，《冬天的故事》仍然比莎士比亞的其他戲劇更願意給劇中人第二次機會。讓重生成為可能的是劇作家最大膽與不可信的想像：暴君完全而真誠的懺悔。要想像這種內在轉化，幾乎就如同想像一尊雕像活起來一樣困難。

第9章

倒台與再起

Downfall and Resurgence

《冬天的故事》的快樂結局是一種羅曼史文類的寫法，是要蓄意違反切合現實的預期。莎士比亞和他的觀眾都完全清楚，歷史上極少有不穩定的暴君能夠獲得奇蹟似的救贖。逃避這種森然的知識是羅曼史文類的誘惑力之一，而這種文類的一大特徵是劇情極盡峰迴路轉之能事，又以一連串的奇妙團聚、修好與原諒為高潮。就有一個觀察者指出《冬天的故事》結尾處：「這一小時內發生了許多奇事，編歌謠的人一定寫不出來。」（《冬天的故事》5.2.21-23）

但莎士比亞並沒有沉湎於用奇想來解決暴君構成的兩難式。相反的，《冬天的故事》在他一生對暴君問題的反省中是個罕例。其他時候，在反思有什麼方法可以把暴君政權的夢魘帶向終結時，他都是採取現實主義的思考方式。根據莎士比亞的看法，暴君總是少不了強大的敵人。他是可以追捕和謀殺他們其中一些，又逼另一些屈從，向他獻上「口頭上的恭維」。他是可以在每戶人家安插臥底和偷聽人們在他四周的竊竊私語。他是可以獎賞追隨者、集結部隊和舉辦接連不斷的公共慶典來慶祝他數不清的成就。但他不可能消滅每一個恨他

的人。因為說到底，幾乎每個人都恨他。

不管暴君織的網有多緊密，總有人能夠成功溜出網眼，去到安全之處。

「你絕不能留下來。」羅馬將軍泰特斯‧安特洛尼克斯（Titus Andronicus）對路歇斯（Lucius）說，路歇斯是他二十五個兒子中唯一生還的。皇帝薩圖爾尼努斯（Saturninus）剛殺死路歇斯剩下的兩個兄弟，又派人強暴和傷殘他的妹妹。

路歇斯逃到了哥德人的地方，招募了一支軍隊，回頭殺死暴君和傷殘他的痛回憶！」（《泰特斯‧安特洛尼克斯》5.3.145-46）類似的，《理查三世》中的伊莉莎白王后敦促兒子道塞特（Dorset）說：「渡過大海，到布列塔尼找里奇蒙去。」她懇求說：「去，你快去，離開這個屠宰場。」（《理查三世》4.1.41-43）道塞特的兄弟、叔叔和兩個異父兄弟都已經被暴君殺死──被殺的還有無數其他人。他成功去到里奇蒙那裡，率領軍隊推翻可恨的暴君。勝利者在全劇最後也發誓要治癒國家的傷口。他這樣禱告：「上帝啊，如蒙你恩許，

他在全劇最後宣布說：「但願我即位以後，能夠治癒羅馬的創傷，拭去她的悲

願我兩人後裔永享太平，國泰民安，年兆豐登，昌盛無已！」（5.5.32-34）

險。他們完全沒有時間向招待他們的主人馬克白夫妻致上假惺惺的感謝。他們類似的，在《馬克白》，被殺國王的兒子明白到他們面臨著迫在眉睫的危

一個對另一個低聲說：「我們身陷危境，不可測的命運隨時會吞噬我們，還有什麼話好說的呢？」另一個表示同意：「所以趕快上馬吧。讓我們不要斤斤於告別的禮貌。」（《馬克白》2.3.118-19）兩個王子背負著弒父的罪名出逃，後

來成功把暴君打倒。不過這齣戲有著一個比《泰特斯‧安特洛尼克斯》或《理查三世》較黑暗的面向。馬爾康姆在宣布成為新的蘇格蘭國王之後表示，他打算不只要召回「那些因為逃避暴君的羅網而出亡國外的朋友們」，還要一一搜捕「已死國王和他奸狡王后的黨羽。」（5.7.96-99）換言之將會有一場清算。

開溜、離開暴君的勢力範圍、越過邊界、和其他流亡者匯合力量、帶著一支入侵軍隊返回：這是基本策略，也不是只有文學作品中才看得見。它曾經被納粹德國、維琪法國和其他地方的反抗軍實踐。正如莎士比亞所瞭解的，這種

178

策略並不是沒有風險，因為計畫有可能失算（白金漢就是逃走不成最後被處決），逃亡者也許會讓朋友和家人吃苦頭，暴君也有可能拿臣下的親人當人質。例如，當理查三世抓住史丹利勳爵的兒子用以要脅對方保持忠誠時，他對備感苦惱的父親說：「你的心可要堅定，否則他是否能保全頭顱就很難說。」（《理查三世》4.4.495-96）就像麥克達夫發現的，無情打擊可能會重重落在被留在後頭的無辜親人身上。

這種反抗策略的昂貴代價在《李爾王》中有最有力的描寫。雖然被年老糊塗的父親剝奪了繼承權，寇蒂莉亞仍然決定從兩個邪惡姊姊手上拯救父親——她們和丈夫統治著國家，正設法要取老人家的性命。寇蒂莉亞嫁給了法國國王，帶著一支法國軍隊回到不列顛。她這樣宣布她的利他主義動機：「我們興兵並非基於什麼非份野心，只是發自愛，熱烈的愛，要替我們的老父主持正義。」（《李爾王》4.3.25-26）她和王國內的重要人物進行了祕密接觸，這些人對於兩位公主刻薄對待老國王的方式感到震驚，也注意到兩個駙馬之間的緊

張關係（一個是善良但軟弱的奧本尼公爵，一個是殘忍得不像話的康華爾公爵）。恢復清明統治的舞台看似已經搭好，眼看就要取得一場堪比里奇蒙打敗理查或馬爾康姆打敗馬克白的勝利。

但這樣的事並未發生。相反的，大出所有人意料之外，兩個邪惡姊姊的軍隊取得了勝利。寇蒂莉亞和她的軍隊被打敗。遭俘虜之後，她和父親被關進監獄，領導不列顛軍隊戰勝的將軍愛德蒙祕密下令把她處死。由於奧本尼軟弱無能，瑞根的丈夫康華爾又已經死了，愛德蒙大有接掌王位的勢頭。愛德蒙是葛羅斯特伯爵的私生子，本來沒有王位繼承權，不過他的人格裡綜合了暴君的很多特質：大膽、有創意、擅於暗算他人、虛偽和絕對的冷酷無情。他先是透過企圖謀殺哥哥艾德加（Edgar）然後背叛父親爬到現在的地位。兩位公主都為他瘋狂，而他洋洋得意地思忖：「我應該選哪一個呢？兩個都要？只要一個？還是一個也不要？」（5.1.47-48）

在所有史料中，得到勝利和取得王位的都是寇蒂莉亞，但莎士比亞卻令人

錯愕地讓她被絞死在監獄中。她在劇中是每一種正直美德的體現者，是王國所遭遇到所有殘忍和不公義的救贖希望。她的死留下了一個永不可能完全痊癒的傷口。不過最起碼，邪惡的勝利是短命的：瑞根被嫉妒的妹妹貢納莉毒死；愛德蒙在單挑中被哥哥殺死；貢納莉自殺。到最後，劇中沒有一個壞人能夠活著享受勝利的果實。

儘管如此，他們的死並沒能消除寇蒂莉亞死去的悲劇，以及他父親無法言喻的悲哀。李爾因為小女兒的殞命心碎而死：

我可憐的傻孩子被吊死了！沒，沒，沒有命了！為什麼一條狗、一匹馬、一隻鼠都有命，而妳偏沒有了氣息呢？妳永不回來了，永不，永不，永不，永不！（5.3.281-84）

在這裡，莎士比亞比在任何其他地方更強調暴君所造成的損失是無法補救的。

我們看不見里奇蒙在《理查三世》中的自豪宣示：「我們勝利了。嗜血的狗已經死了」，也看不見麥克達夫得意洋洋宣布：「看啊，這就是篡位者被詛咒的人頭。時代已經獲得自由。」在《李爾王》中，當一個使者報告：「愛德蒙死了，大人。」奧本尼回答說：「現在這不過是一件無足輕重的小事。」（《李爾王》5.3.271）

莎士比亞不認為暴君能夠在位很久。不管他們崛起時有多狡猾，一旦掌權，他們都會無能得讓人吃驚。他們對於統治的國家沒有願景，沒有能力找到長久的支持，雖然他們殘忍和暴力，但他們永不可能粉碎所有的反對力量。他們的孤立、猜疑、憤怒和經常的過份自信，都會加速他們的倒台。莎士比亞所有描寫暴君統治的戲劇，至少都會以合法秩序恢復的姿勢結束。

但《李爾王》因為太強調所謂的「遍在的愁雲慘霧」（general woe），讓莎士比亞難以採取這種姿勢。最有可能收拾殘局的人是年輕的艾德加。全劇的最後幾句台詞在較早版本的劇本是由他的口說出，但另一個版本卻是由生性正直

但曾做出道德妥協的奧本尼所說出這段台詞，或者像是莎士比亞本人猶豫不決。但無論如何，這幾句台詞不像我們所預期的是政治領導權的宣示。它毋寧更像是王國飽受創傷後的表達：

我們遭受了這悲慘的風波，且放聲哀慟，有話留著慢說。年紀最老最能忍，我們年輕一輩將無法看見那麼多，活那麼長。（5.3.299-302）

這是一個人代替一個受驚嚇的群體所發出的聲音。

在《理查三世》，反對暴君的主要力量集結在里奇蒙伯爵四周，而在《馬克白》，這種力量集結於已故國王之子馬爾康姆四周。兩人最後都登上了王位。但《李爾王》中卻沒有類似角色。相反的，也讓人驚訝的，道德勇氣是閃耀在一個非常小的小人物身上，他地位低微，我們甚至不知其名。他是那些擁有巨大財富與權力的人物的眾多家丁之一。他不喜歡他看見的事情。他的主人

康華爾公爵正在親自盤問人犯。在李爾王遜位之後，康華爾成為國家的兩位統治者之一。他聽說寇蒂莉亞率領一支法國軍隊入侵，目的是要恢復李爾的王位。所以，阻止老國王前往寇蒂莉亞的軍隊變得非常要緊。但康華爾現在知道葛羅斯特伯爵和入侵者有所勾結，已經把李爾送去了多佛。

康華爾把葛羅斯特綁在椅子上，和妻子一起大聲審問他：「為什麼送到多佛？……為什麼送到多佛？……」（37.50-55）因為得不到回答，康華爾越來越火大，吩咐僕人抓穩椅子，然後探身向前，挖出葛羅斯特的一隻眼睛。這幕戲非常嚇人，常常會有觀眾暈倒。接下來一幕戲則會讓文藝復興時代的觀眾（他們都知道涉嫌賣國的人常常會遭受酷刑）更加錯愕。隨著奸惡的瑞根催促丈夫挖出伯爵的另一隻眼睛，一個聲音突然叫了出來：「住手，大人。」（3.7.72）這句話不是出自葛羅斯特其中一個兒子、一個貴族旁觀者或一個偽裝的紳士，而是出自康華爾自己的一個家丁。這些家丁原本長期習慣了服從主人的命令，沒想到那家丁卻說：「我自小便開始伺候你，但我對你最好

的伺候，莫過於現在叫你住手。」（3.7.73-75）

《李爾王》並沒有用任何理論的方式探討暴君這個主題。讓人難忘的是，它讓統治者手下的一個下人出言制止自己主人的行為。瑞根勃然大怒：「怎麼，你這狗東西！」康華爾拔出劍，也是破口罵道：「混賬奴才，你造反了嗎？」（3.7.78）接下來主僕二人發生了激烈打鬥，公爵受傷。瑞根驚訝於一個下人竟然如此大膽（「一個奴才也會撒野到這等地步！」），從丈夫手上取過劍，一劍刺死那家丁。

酷刑的戲碼繼續進行，葛羅斯特剩下的一隻眼睛也被挖了出來。接著康華爾夫妻把瞎掉的伯爵趕出去，下達了莎士比亞所有作品中最殘忍的一道命令：「把他推出門外，讓他一路用嗅的摸索到多佛去。」（3.7.94-95）接著，康華爾又下令棄置那個剛才企圖制止他的家丁的屍體：「把這奴才丟到糞堆裡。」不過這家丁沒有白死：康華爾因為打鬥受傷，不久後也死了。他的死，連同民眾看見瞎眼的葛羅斯特時的公憤，大大削弱了瑞根、貢納莉和愛德蒙一黨的實

力。

莎士比亞不相信普通老百姓可以充當對抗暴政的堡壘。他認為他們太容易被口號擺佈、被威脅嚇到、被不值幾毛錢的禮物收買，不足以成為自由的可靠捍衛者。他筆下的暴君大部分都是被與他同一階級的成員反對和殺死。不過，《李爾王》裡那個無名無姓的家丁創造了一個可以象徵民眾反抗暴君的人物。這個人拒絕沉默和旁觀，付出了生命的代價，但俯仰無愧。雖然有關他的描寫只有寥寥幾行字，他卻是莎士比亞筆下的大英雄之一。

《李爾王》的結局令人黯然神傷。這個結局也用最極端的方式，提出了那個隱含在莎士比亞所有關於暴君思考中的問題：除了鼓起勇氣推翻暴君以外，有沒有方法從一開始就讓暴君無法上台？在《理查三世》裡，瑪格麗特王后像一個復仇女神那樣，設法警告白金漢公爵留神理查……

186

小心那條狗。牠搖尾的時候會咬人，牠的毒牙會讓被咬的人潰爛而死。莫同牠來往，留神牠。罪惡、死亡和地獄都看中了牠，它們的所有爪牙都聽牠差遣。（《理查三世》1.3.288-93）

但是公爵沒有理會她的警告，反而成為輔助理查登上王位的主要支柱之一，最後喪命於理查的斧頭之下。

在《李爾王》中，勇敢的肯特伯爵犯顏直諫，想要讓國王從瘋狂中清醒過來，收回對唯一愛他的女兒的殘忍命令。但是面對李爾王的暴怒，群臣中沒有人站在肯特的那一邊，所以他最後遭到放逐，膽敢返回的話處死。當肯特喬裝易容以便可以繼續伺候主人的時候，完全無力制止國家的災難性崩潰。相反的，他的大膽無畏只進一步激怒兩個當權的邪惡姊妹，讓國家就像老國王一樣在瘋狂和災難中暈頭轉向。

莎士比亞全部作品中只有一齣曾系統性地探討在暴政展開前制止暴政的可

能性。《凱撒》一開始講述護民官馬魯勒斯（Murellus）和弗萊維斯（Flavius）憤怒地設法制止老百姓慶祝凱撒打敗龐培（Pompey）。他們清楚看出群眾對凱撒的痴迷有著危險的政治後果，所以匆匆把掛在他人像上的裝飾品取下來…

我們應當趁早拔掉凱撒的羽毛，讓他無力高飛。要是他羽毛既長，一飛沖天，大家都要在他的足下俯伏聽命了。（《凱撒》1.1.72-74）

他們的努力不無風險。莎士比亞告訴我們：「馬魯勒斯和弗萊維斯因為扯去凱撒像上的彩帶，被剝奪了發言的權利。」（1.2.278-79）

在這齣戲的第二景（scene），兩個羅馬元老院的關鍵人物互相透露出同樣的擔心。和卡西烏斯（Cassius）談話時，布魯圖（Brutus）每次聽見遠處傳來群眾歡呼聲都會嚇一跳。他神經緊張地問道：「這歡呼聲是什麼意思？我擔心人民會選凱撒當他們的王。」（1.2.79-80）卡西烏斯抓住這個機會，道出他對凱

撒位高權重的憤怒和困惑：

嘿，老兄，他像一個巨人似的跨越這狹隘的世界。我們這些渺小的凡人一個個在他粗大的雙腿下行走，四處張望著，替自己尋找不光榮的墳墓。（1.2.135-38）

卡西烏斯主張，重點是要明白，正在發生的事不是什麼神祕和不可避免的命運。「親愛的布魯圖，要是我們受制於人，那錯並不在我們的命運，而在我們自己。」（1.2.140-41）這表示對於暴君統治迫在眉睫的威脅，是有可能加以對付的。

布魯圖對這個暗示相當會心，他自己對此也曾有過很多思考。他答應卡西烏斯不久之後再次談話。在他們分開之前，他們聽說了凱撒拒絕接受安東尼獻給他的王冠，群眾也因此大聲歡呼。這種拒絕並沒有改變什麼。凱斯卡

（Casca）告訴了他們一個謠言，說元老院第二天準備擁立凱撒為王，讓他除了在義大利以外的任何地方都可以戴著王冠。聽到這個，卡西烏斯表示他寧可自殺也不讓人宰制。結束自己生命的能力意味著某種自由：「在這一點上，諸神啊，你們把弱者變成了強者；在這一點上，諸神啊，你們打敗了暴君。」

（1.3.91-92）

我們很快便知道布魯圖也在思考如何從暴君統治中獲得自由的問題，但他的辦法並不是自殺。「唯一的辦法只有叫他死。」他說。（2.1.10）他這話不是談話的一部分。在舞台上甚至沒有人聽到他說這話：先前他刻意屏退了僕人。當時是午夜，他獨自一人在果園裡尋思。「只有叫他死」中的「他」沒有指明是誰。我們栽進了沸沸揚揚的思緒中，沒有「前言」可以憑藉。

唯一的辦法只有叫他死。我自己對他並沒有私怨，只是為了大眾。他也許將要戴上王冠。那或許會怎樣改變他的性格，這是一個問題。蝮

蛇都是大白天才出沒，步行的人必須當心。讓他戴上王冠？——那還

得了！（2.1.10-15）

莎士比亞從沒有寫過類似的文字。我們應該作何理解？

布魯圖用「大眾」（即公共利益）來對比「私怨」，但他的長篇獨白讓抽象政治原則和具體個人（有著心理特殊性、不可預測性和只有部分可知的內在性的個人）之間的界線無法畫出。動詞「也許」和「或許」跳著模稜兩可的舞蹈，引領一個鑽牛角尖的心靈拐彎轉折。「這是一個問題」一語，預示了哈姆雷特的著名句子，就像一片瘴氣那樣蔓延涵蓋布魯圖的整個思路串。

古羅馬人喜歡以「行動人」而不是「思考人」自居。他們征服世界，把哲學探究和自我反省留給希臘人。不過，在莎士比亞看來，在這種公共說法的門面背後，有些人充滿衝突困惑，不確定自己該採取的道路，以及對於是什麼驅策著他們行動一知半解。由於他們是在一個世界舞台上面行動，所以危險性更

191　倒台與再起

加巨大，而他們晦澀的私人動機往往有著巨大的、潛在的災難性公共後果。

「這是一個問題。」布魯圖說，並未清楚說明他心目中的問題是什麼。事實上，讓他備感苦惱的是好幾個糾纏在一起的問題：我所愛和我願意用生命捍衛的羅馬共和國陷入了多大危險？卡西烏斯從我這裡得到什麼？三次拒絕接受王冠的凱撒有多大可能會成為一個暴君？我和凱撒的長期親密友誼會如何影響到我的決定？更明智的做法會不會是靜觀其變？

「蝮蛇都是大白天才出沒」是一句諺語，它迅速被一個提醒（「步行的人必須當心」）取代，接著又被一句不合文法的驚嘆（「讓他戴上王冠？」）❶取代，後者就像是布魯圖心靈裡不請自來匆匆而過的一個狂想的語言痕跡。他的獨白繼續下去，把自然和社會扭曲在一起，混合了目擊證據和個人幻想，不一貫而致命地朝著一個行刺陰謀前進。這個陰謀的理據更多是一種壓力釋放：

192

既然我們反對他的理由，不是因為他現在有什麼可以指責的地方，所以就得這樣說：照他現在的地位，要是再擴大些權力，一定會引起這樣的後患。（2.1.28-31）

我們正在見證一件極重大的歷史事件——行刺凱撒——的生成過程，但我們卻被要求同時從外部和內部觀察其生成過程。

《凱撒》中的角色都企圖用特殊的政治和哲學原理來定義自己。卡西烏斯自稱是伊比鳩魯的追隨者，這暗示著他相信，要為一個人幸福或不幸福負責的不是諸神或命運，而是當事人自己。西塞羅（Cicero）就像學院派的懷疑論哲學家那樣主張：「人們可以隨意解釋一切的事情，完全不顧其本身的意義。」（1.3.34-35）布魯圖是斯多噶派，對預兆和符瑞不當一回事。在戲的稍後，雖

❶ 譯註：這句話的原文 Crown him that 原不合文法，中文譯作「讓他戴上王冠？」是迫於無奈。

然他已經知道妻子死了，但仍然假裝不知，以此證明自己絕對駕馭得了自己的

情緒：「那麼再會了，鮑西婭！」（4.3.189）但這種刻意的證明本身就是一種

自我否定，而這齣戲也反覆動搖任何看似一貫的哲學原理。

沒有一個角色（凱撒、安東尼或卡西烏斯都斷然是這樣）體現一種穩定的

立場，更遑論體現一個抽象的理想。布魯圖是最接近這一點的人，而安東尼也

在全劇近終了時悼輓他是「羅馬最高貴的人」。（5.5.68）但這是一個毫不信任

人性的得勝者的公開言論，而我們業已從內部看過，布魯圖的內心有多麼混

沌、混亂和矛盾。儘管如此，在任何選擇都受到不確定性困擾的情況下，還是

必須做出決定，而布魯圖決定殺死凱撒。因為相信只有採取這種激烈手段才可

能挽救共和國，他於是把自己的巨大聲譽借給一群陰謀份子（他們每個人各有

自己糾葛的行為動機），準備在三月中的關鍵時刻，聯合其他人把刀子插進他

朋友的身體裡。

他在他們行動之後呼籲：

蹲下來，羅馬人，蹲下來，讓我們把手浸在凱撒的血裡，一直浸到臂肘，並且用他的血塗抹我們的劍。然後我們出發，走到市場去，高舉我們血紅的武器，齊聲高呼：「和平、自由、解放！」（3.1.106-11）

在他的想像裡，現在和未來世代將會譽他們為羅馬的救星。他們的作為是符合公義，他也深信人們將會這樣看他們。因為他們不是諸多算計的政客，而是有著高貴理想的人。

然而事情並未朝他預期的方向發展。這不只是因為每個人的動機都無可避免地比他們喊出來的口號複雜，還因為根據高貴理想而在現實世界採取的行動，也許會帶來始料不及和適得其反的結果。布魯圖夢想榮譽、正義和自由這些理想能以純粹的形式存在，不受利害考量和道德妥協所污染。然而，正因為堅持根據純粹原則行事，他拒絕在殺掉凱撒之餘也殺掉安東尼，而這個拒絕帶來了政治災難。因為安東尼不只是凱撒的忠實追隨者，還是傑出的煽動家。他

跨在凱撒屍體上發表的著名演說——「朋友們，羅馬人們，國人同胞們，請聽我一言……」（3.2.71）——點燃了內戰，也帶來了共和國的崩潰。挽救共和國正是行刺凱撒計畫的初衷。

莎士比亞表明，布魯圖設法不讓自己的動機受到自利或暴力污染純屬幻想。他渴望摧毀凱撒所代表的威脅——暴君統治的威脅——而不用摧毀凱撒本人，但就連他自己亦承認，對自由來說，這種清潔和無血的捍衛是不可能的：

但願我們能夠直接戰勝凱撒的精神而無須戕害他的身體。可是，唉！凱撒一定要因此而流血。（2.1.169-71）

莎士比亞並沒有太挖苦布魯圖拒絕答應在殺死凱撒後繼續殺人。這種拒絕體現出某種高尚精神，和安東尼及其盟友的投機主義形成鮮明對比（他們迅速抓住機會對敵人大開殺戒）。但道德純粹之夢注定不切實際和充滿反諷。它也完全

沒有把羅馬群眾容易被煽動的因素考慮進來。

《凱撒》並沒有為它強索力探的心理和政治兩難式提供任何解決方案。沒有任何一個目力清晰的理解時刻：卡西烏斯斷然是如此（他在誤解了讓人頭暈眼花的腓立比之戰的結果後自殺），布魯圖也是如此（他受到凱撒鬼魂的糾纏）。代之以，這齣悲劇提供的是對政治不確定性、混亂和盲目的前所未有深入刻劃。企圖扭轉一個可能的憲政危機卻加速了國家的崩潰，拯救共和國的努力反而成了摧毀它的原因。凱撒固然死了，但到頭來得勝的卻是凱撒派。

第10章
可抵抗的崛起
Resistible Rise

就像個人一樣，社會一般都有防範反社會份子（sociopaths）的方法。如果人類不是除了能發展出辨識外部威脅的方法，還發展出辨識內部威脅的方法，我們的物種也許早已不存。這就是為什麼暴君統治並不是社會組織的常態。社群通常會警覺到它們中間某些人所構成的危險，並孤立或驅逐他們。

不過在某些特殊情況下，防範反社會份子會比乍看之下更難，因為某些在潛在暴君身上看見的危險特質，也許對社會是有用的。莎士比亞用來表達這種具兩面刃特性的人物例子是凱爾斯‧馬提斯（Caius Martius），他更為人知的名字是科利奧蘭納斯（Coriolanus）。具有強烈侵略性、獨斷獨行、不在乎疼痛：這些特點讓他在西元前五世紀成為了捍衛羅馬的最佳戰士。莎士比亞從他最喜愛的資料來源——普魯塔克（Plutarch）的《希臘羅馬雙人傳》（Lives）——找到這個故事的大綱，把它寫成自己創作生涯的最後一齣悲劇。

《科利奧蘭納斯》的時代背景設定在非常遙遠的過去，但明顯有著當前性和緊迫性的關切。在當時，英格蘭因為定期歉收引起的糧食短缺經常導致民眾

發起抗議，要求緊急救濟。一六○七年，一場全面性暴動在英格蘭中部爆發，迅速從北安普敦郡（Northamptonshire）蔓延至蘭卡斯特郡（Leicestershire）和華威郡（Warwickshire）。起義者數以千計，他們憤怒地譴責囤積穀物以求取更高價格的惡習，又要求地主停止非法圈佔公有地。

主要的起義首領雷諾斯（John Reynolds）又被稱為「布袋隊長」，因為他總是帶著一個小袋子，據說裡面裝著一些可以保護抗議者免受傷害的具有法力的東西。雷諾斯呼籲追隨者採取非暴力抗爭手段，所以他們主要只是拉倒地主在圈佔的公有地上所建立的樹籬和填平溝渠。地方警察沒有採取行動，但是有產階級大為驚恐。莎士比亞有理由分享他們的擔憂，因為他自己在華威郡也擁有土地，而且也稍稍囤積穀物。所以問題便是應該怎樣回應這種失序的情形。

精英階層緊急針對處理抗議的最好方法展開辯論。有人主張食物救濟和停止圈佔土地，其他人呼籲採取強硬手段。什魯斯伯里伯爵（Earl of Shrewsbury）在寫給弟弟肯特伯爵的信中說：「只要你有四、五十匹配備齊全的馬，就可以

把一千個這種赤裸裸的流氓衝倒，砍成碎片。」

出。一六〇七年六月，幾十個抗議者被地主的武裝僕人殺死，「布袋隊長」被抓住並吊死。（根據當時的編年史家記載，他的布袋裡面「只有一塊綠乳酪」。）英格蘭中部的動亂到此結束。

⑲這種殺氣騰騰的意見最後勝

《科利奧蘭納斯》開始於古羅馬的一場糧食暴動。對於怎樣才是處理暴動的最佳方法，科利奧蘭納斯的意見和什魯斯伯里伯爵如出一轍。他指出只要其他貴族收起他們誤導的同情，他就會——

運用我的劍，盡我的槍尖所能挑到，把幾千個這樣的奴才殺死，堆成一座高高的屍山。（《科利奧蘭納斯》1.1.189-91）

不過貴族們決定採取安撫方法，答應設立兩名護民官，讓他們代表人民的利益發言。在科利奧蘭納斯看來，兩名護民官嫌太多，普通老百姓根本不應該有代表，只應該乖乖順從編派給他們的命運。

貴族派（它主要代言人稱之為「右邊的一群」❶）的主要關切是，透過財政政策確保資源的不公平分配和保護其成員所積聚的財產。為達成這個目的，貴族願意犧牲幾乎其他一切。他們當然會願意犧牲窮人的幸福甚至生命。

富有貴族倚賴低下階層的勞動力：在城外田裡流汗的人的農業勞動力，在城裡的工人、藝匠和僕人的勞動力，以及守衛城市對抗敵人的普通士兵的勞動力。這就是為什麼當窮人走投無路，最終放下工具起而暴動時，貴族會至少滿足他們一點點要求。不過就連這種讓步都無法真正承認他們的獨立性。正好相反，精英階級把窮人（特別是都市的窮人）視為經濟的吸血蟲，是一大群只知

要求餵養的閒散嘴巴。畢竟大部分土地和土地上所生產的東西（連同房子、工廠和幾乎其他一切在內）都屬於貴族，他們從堆積如山的財產頂峰往下望向幾乎身無長物的窮人，當然會覺得窮人看起來像寄生蟲。貴族軍人也是一樣，他們自小受到戰爭技能訓練，甲冑精良，騎乘戰馬，當然會把只負責拖攻城器械的窮人士兵看成一群懦夫。

在此劇中，最接近於承認貴族對窮人有責任的一幕，也是深具象徵性的一幕。當時科利奧蘭納斯剛佔領敵人的城市科利奧斯（他的尊號正是由此而來），要求他的元帥幫一個忙。對他滿懷感激的元帥表示：「無論什麼要求我都會應允，你說吧。」科利奧蘭納斯答道，他在科利奧斯城裡「曾向一個窮漢借宿一宵，他招待我非常殷勤。」現在該人已成為羅馬人的俘虜。先前，在被押送到什麼地方去的途中，該人看見科利奧蘭納斯經過，曾大聲向他求助，但他因為急著去和敵人的將領戰鬥，沒有理會。現在，他向元帥要求：「請釋放我那個可憐的東道主。」（1.9.84-85）元帥大為動容，表示「即使他是殺死我

兒子的兇手，我也要讓他像風一樣自由」（1.9.86-87），問要該人的名字。可惜的是，科利奧蘭納居然忘記了。

對貴族來說，平民是沒有名字的。不過在羅馬，為麵包而暴動的窮人至少成功讓他們的抱怨被聽見。他們高喊雖然歡收但貴族儲存有足夠穀物，只要他們釋出穀物，就可以讓窮人不用挨餓。只不過有錢人寧願讓穀物在穀倉裡爛掉，也不願意拿出來賑濟窮人，以免破壞市場價格。除了囤積者的貪婪以外，根本問題在於國家的整個經濟系統，都是設計來加劇而非減低富人和窮人之間的收入鴻溝。

雖然要為這個系統負責，但貴族當然不會承認這是他們的動機。透過他們的親切代言人米尼涅斯・阿格立巴（Menenius Agrippa），莎士比亞為一個成功的保守政治家描繪出一幅維妙維肖的肖像。這個人雖然身在有錢人陣營，卻擅長於擺出人民之友的姿態。在對暴動者的困境表示極感同情之後（他稱他們為「我的好朋友們，我忠實的鄰居們」），米尼涅斯提醒他們，導致飢荒的壞天

氣不是貴族造成，訴諸暴力不會有任何收穫。他建議百姓保持耐性和多禱告，以及信賴有錢人對窮人總是表現出的仁慈關懷。

人群中有人大聲打斷他的話：

他們從不管我們的死活：讓我們挨餓，他們的倉庫裡卻堆滿了糧食；制定債務法令，以支持放高利貸的人；天天都忙著取消那些不利於富人的良法，天天都在訂立更苛刻的條文來束縛窮人。（1.1.72-77）

這個不知名百姓提出的指控一針見血。我們這裡看見的不是一群由傑克‧凱德率領的瘋狂暴民。群眾中另有一個聲音甚至提出一個理論，用來說明為什麼擁有比需要多很多財富的有錢人會樂於看見別人餓肚子：「我們的面黃肌瘦可憐相，正好反映出他們多有錢。」（1.1.17-18）換言之，看見有那麼多窮人能讓有錢人感覺自己更富有。

米尼涅斯用一個著名寓言作為反駁，該寓言講述一個身體的各部分聯合起來反抗肚子。這些身體部分認為它們各自賣力苦幹（例如眼睛賣力看東西，耳朵賣力聽東西，腳賣力走路），但肚子卻什麼都不做，只管坐著吃飯。當然，正如這個寓言稍後指出的，肚子絕對不是遊手好閒。正相反，肚子是「是整個身體的倉庫和工廠」。雖然看不見，但它總是不間斷地把必需的養分送到身體各部分。米尼涅斯強調，羅馬元老院的貴族元老們正是擔負著同樣的功能，是人民生活中一切美好事物的源頭：

把有關大眾幸福的事情徹底想一想，你們就會知道你們所享受的一切公共利益，都是從他們手裡得到，完全不是靠你們自己的力量。

（1.1.142-45）

根據這種說法，所有財富首先進入有錢人的錢櫃乃是完全有道理。因為經過他

們恰當消化之後，財富將會以恰當比例涓涓滴滴流進每個人的口袋。

飢餓的暴動者究竟有沒有被這個妙說說服，我們並不清楚。這個時候，米尼涅斯的朋友科利奧蘭納斯出現了。這位戰爭英雄完全不打算戴著米尼涅斯的仁善面具，大聲表示如果由他做決策，他就會對暴動者進行一場大屠殺。

要不是此時傳來羅馬主要敵人沃爾西人（Volsces）即將入侵的消息，科利奧蘭納斯也許會把他的威脅付諸實行。他對沃爾西人入侵的消息感到高興，不只是因為打仗是他的職志，還因為打仗可以讓大量「烏合之眾」的平民百姓丟掉性命。他樂孜孜地說：「這樣一來，我們就有方法可以清理我們那些發黴殘羹。」（1.1.216-7）對這個兇悍的戰士來說，窮人（靠政府施捨維生的人）就像生了黴菌的食物碎屑。最好的做法就是把他們倒掉和打開窗戶。

無父的科利奧蘭納斯的無情心理學和政治學看來是得自母親：讓人望而生畏的伏倫妮婭（Volumnia）。她誇耀說：「當年他身體還很嬌嫩，而且是我的獨子，年輕漂亮，大家為之矚目，就是帝王整天請求，作母親的也不會肯放他

208

離開一小時。但那個時候我卻樂於讓他追尋危險以便博取名聲。我遣他參加了一場殘酷的戰爭。」（1.3.5-12）她從小教育兒子一心一意追求一個目標：軍事榮耀。

伏倫妮婭對兒子名聲和榮耀的無比重視，包含著某種陰森的成分。作為她的獨子，科利奧蘭納斯也是（就像她自己說的）一件物品：讓她看見自己的重要性的一面鏡子。他沒有其他部分是重要的。伏倫妮婭對於保護兒子「嬌嫩」的身體不感興趣。正相反，她為他和羅馬敵人作戰得到的傷疤感到自豪。在她看來，戰爭傷口是美麗的。

赫庫芭（Hecuba）給赫克托爾（Hector）餵奶的乳房，不及赫克托爾因為鄙視希臘人刀劍而鮮血直噴的額頭美麗。（1.3.37-40）

她兒子在成長過程中經歷的所有乖違養育方式，都可以從她把一個餵奶母親的

意象轉化為一個噴血傷口的意象得到解釋。

在讓人起雞皮疙瘩的一幕中，伏倫妮婭和米尼涅斯（他的身分類似於科利奧蘭納斯的養父）興奮地分享科利奧蘭納斯的最新成就——也就是他多了哪些傷口。米尼涅斯殷切地問道：「他傷在哪裡？」伏倫妮婭回答：「是肩膀，還是右臂。」（2.1.132-36）她這個時候已經預想到，待兒子競選執政官時（羅馬共和國的最高官職），這些傷口將會大大加分：「將來他在候選新職時，可以把身上的大傷疤顯示給人民看呢。」兩個老人繼續點算科利奧蘭納斯的「榮耀」：

伏倫妮婭：在這次出征以前，他全身共有二十五處傷痕。

米尼涅斯：現在是二十七處了。每個傷口都是一個敵人的墳墓。

（2.1.136-45）

他們怎麼看都不像在描述一個人類的身體。當科利奧蘭納斯的凱旋樂聲接近時，他母親用來形容兒子的話更適合用來描述一件武器：

他未到之前帶來了聲音，他走過之後只留下眼淚。他強壯的臂膀裡藏著死神，臂膀一舉一落，就要死掉很多人。（2.1.147-50）

身為孝順兒子，科利奧蘭納斯不只累積出讓母親大感滿足的纍纍傷痕，還把自己變成她希望他成為的非人事物（inhuman object）。在戰爭中，正如對他大為敬畏的元帥所形容，他是「一件從頭到腳渾身是血的事物（a thing of blood）」。（2.2.105-6）在讓自己變成「事物」的同時。他也把別人變成事物。對他來說，尋常老百姓只是「奴才」、「烏合之眾」、「雜種」和「疥癬」。他會砍劈、焚燒和殺死擋在他路上的一切。

在全劇近一開始之處，我們看到科利奧蘭納斯的妻子和一個朋友聊天。對

方問她兒子可好。她禮貌貌地回答說：「很好，夫人。」但小孩的祖母伏倫妮婭卻對這回答不滿意，自豪地插嘴說：「他寧願看刀劍聽鼓聲也不願見他老師的面。」這個對科利奧蘭納斯自己童年的一瞥，馬上受到那位來訪的朋友加強，她說了一件她知道一定會讓伏倫妮婭高興的軼事：「星期三那天我瞧了他足足半個鐘頭。他有一副堅決的面孔。我見他追趕著一隻金翅蝶，捉到了手又放走，放走了又去追趕，這麼奔來奔去，捉了放、放了捉。也不知道是因為跌了一跤還是別的緣故，他忽然發起脾氣來，咬緊了牙齒，把蝴蝶撕碎。他撕蝴蝶時那股勁兒可有夠狠的！」（1.3.57-61）

為什麼要把小孩子撕碎蝴蝶的情節寫入劇中呢？伏倫妮婭愉快地回應說：

「和他父親一個脾氣。」（1.3.62）我們無法不把科利奧蘭納斯看成是一個像伏倫妮婭那樣的媽媽的產品，一如我們無法不把他看成是（即使在他最可怕的時候）一個小孩子的極端化版本。當然，他是個偉大戰士。人們服從他的命令，在他面前顫抖。他手握生殺大權。他可以拯救城市，也可以攻破城市。他可以

斬殺家族，威脅整個國家，把陰影投射到整個已知世界。但這種威脅並不能掩蓋他身上的童稚成分。

在文明的國家裡，我們預期領袖會具備一個起碼程度的大人自制力，也會希望他們表現出深思、正派、尊重別人和尊重制度的態度。科利奧蘭納斯卻不是這樣。在他身上，我們看到的是一個個子長太大的小孩的自戀、不安全感、殘忍、胡鬧和不受任何自我約束機制羈絆。應該幫助這個小孩邁向成熟的大人要不是完全缺席，就是反過來助長他的最壞品性。

他受到的教養方式所帶來的易怒、缺乏同理心、拒絕妥協和宰制他人的衝動性欲望，都有助解釋科利奧蘭納斯為什麼在戰爭中表現出色。不過，劇情轉折所要探討的問題卻是，當這樣的人不是在戰場上而是想在國家裡發揮最高權力，會有什麼後果。

班師回朝後，科利奧蘭納斯獲得百姓大聲喝采。歡迎他的群眾人山人海。

一個使者回報說：

我看見聾子圍攏過來看他，瞎子圍攏過來聽他說話。當他一路經過的時候，中年婦女向他揮手套，年輕姑娘向他揮絲巾手帕。貴族們見了他，像對著朱庇特神像似地鞠躬致敬。平民們見了他，紛紛擲帽，歡聲雷動。（2.1.249-55）

他是羅馬城的救星。

就像他母親和其他貴族派領袖所意識到的，這是科利奧蘭納斯競選執政官的絕佳良機。他的政治觀點無疑很極端，而他也從來不忌諱把這些觀點大聲說出來，不過，有錢人現在開始後悔他們在暴動壓力下所做出的讓步。如果科利奧蘭納斯當上執政官，一定會幫助他們把給出去的東西要回來。他從一開始就強烈反對給予庶民任何政治代表權和為他們創造任何安全網。談到飢餓的群眾時，他鄙夷地說：

214

他們說他們肚子餓，嘆息著說出一些陳腔濫調：什麼飢餓可以摧毀石牆，什麼狗也要吃東西，什麼肉是供口腹享用，什麼天降下五穀不是單為富人。（1.1.196-99）

對他來說，這些都是「發黴殘羹」的聲音。如果他們被餓死，對羅馬只會更好。

在戰勝沃爾西人之後，就連本來愛用民粹主義掩蓋自己貴族派觀點的米尼涅斯也開始採取更強硬的立場。已經不再有妥協或安撫低下階層的需要。他取笑兩名護民官說：「你們浪費大好的一上午，就為了聽一個賣橘子的女人和一個賣桶塞子的男人告狀。」臨走前，他又挖苦說：「你們是那群畜類一般的平民的牧人，我再跟你們談下去，我的腦子也要沾上污穢了。」（2.1.62-63, 85-86）這是羅馬政治生活中的新聲調，一種更加咎齒而樂於與暴力調情的聲調。

伏倫妮婭現在認為，既然政治機會已經出現，那麼她兒子就應該適應環

境，為了當上執政官而討好老百姓，爭取選票。但科利奧蘭納斯一開始便拒絕母親這個主意。正如他指出的，畢竟就是她教他稱庶民為「穿羊毛衣的奴才，只會做幾毛錢的買賣。」（3.2.9-10）他母親從他早歲起就把他訓練為一個毫無彈性、易怒且驕傲的摧毀者。只有拒絕做出任何妥協，他才會忠於自己，也就是忠於自己的成長過程。不過在母親不斷施壓下，他還是非常勉強地答應競選公職。

還有其他候選人參選執政官，但戰爭英雄科利奧蘭納斯佔有壓倒性優勢。他的候選資格已經獲元老院通過，接下來只需要獲得老百姓大多數的贊成票，而有鑑於他輝煌的戰功和一點都不想要戰利品的態度，這幾乎沒有什麼困難。還需要做的只是正式在人民面前亮相，給他們看他的戰爭傷疤。當然，原則上選民還是有可能不選他：他們完全知道他不是他們的朋友。儘管如此，因為由衷感激他對羅馬的軍事功勞，很多人還是準備違背自己的階級利益，投他一票。

劇中的富有貴族把窮人看作毫無價值，但反過來卻不是如此。莎士比亞用普通市民的一番談話來表現他們力求使利益和責任保持平衡的態度。市民甲說：「如果他要求我們投他一票，我們不應該拒絕。」市民乙反駁說：「如果我們想要拒絕他，我們就有權拒絕。」市民丙說：「我們是有權拒絕他，但這是一種我們沒有權力運用的權力。」（2.3.1-5）正如莎士比亞所刻畫的，這是自由選舉小小但珍貴的困惑。

整個程序有賴各黨派對制度有基本尊重。科利奧蘭納斯要做事的很簡單，那就是按照習慣在群眾大會上拜票。但他的反民主極端主義讓他不肯表現出這種起碼的尊重。他承認自己對富有的元老們（跟他同一階級和分享同一套價值觀的人）負有責任：「我願意永遠為他們盡忠效命。」（2.2.130-31）但對於尋常百姓，他卻拒絕承認自己和他們有關係。

這讓護民官西西涅斯（Sincinius）和布魯圖（Brutus）有了一顯身手的機會。莎士比亞對他們的動機和方法一點都沒有心存幻想。他們都是職業政客，

詭計多端，愛擺佈人民，所做的一切主要是為了保護自己的地位。他們輕易就控制了他們所代表的人民，讓人們一下子對戰爭英雄科利奧蘭納斯大聲喝采，一下子又大喊「打倒他」，要求把他處決或放逐。他們看來頭腦混亂得無可救藥。不過，兩位護民官只是讓百姓看見簡單的事實：以科利奧蘭納斯為捍衛者的貴族一黨，事實上是他們的敵人。

因為算準科利奧蘭納斯一定會被自己的狂妄、極端主義和暴躁脾氣整垮，他們堅定要求選舉必須遵守固有程序：科利奧蘭納斯不得免於向選民拜票的責任。因為急於讓他們的捍衛者當選執政官，貴族們要求科利奧蘭納斯收起驕傲，向人民說說話。米尼涅斯對他說：「你必須令他們對你產生好感。」科利奧蘭納斯怒道：「對我產生好感？這群該死的東西！」充滿挫折感的米尼涅斯又說：「我求你好好對他們說話。」「我會叫他們把臉洗一洗，叫他們把牙齒刷乾淨。」（2.3.51-58）

科利奧蘭納斯的臭脾氣是明明白白的，但莎士比亞又奇怪地對他寄予同

情，至少在把他對比於同階級的其他人時是如此。貴族們敦促他為了當選，暫時放下最堅定的信念。他們希望他說謊、逢迎和扮演煽動家的角色。只要他當上執政官，就有充裕時間可以恢復原來的立場，收回貴族對窮人曾做出的讓步。這是再熟悉不過的政治遊戲：一個人生而擁有種種特權又看不起任何比自己低下的人，選舉時滿嘴民粹主義話語，但達到目的後馬上變臉。羅馬人把這一套玩得爐火純青，相當於一個髮型漂亮的政治人物戴著安全帽參加一個在建築工地舉行的集會。候選人會脫下色彩豐富的長袍，換穿一件磨破的白色衣服。然後如果他有任何戰爭傷疤的話，就會秀出來，像炫耀履歷那樣炫耀一番。

科利奧蘭納斯覺得這種表演讓人作嘔。他努力按照所屬黨派懇求他的那樣去做，卻難掩心中的厭惡。就像他說的，他設法「效法那些善於籠絡人心的貴人」，也就是模仿成功政治人物的媚功。不過他的「屈意奉承」（2.3.93-95）是那麼地假，明明白白有違本心，所以失敗了。起初人民傾向於採取「疑點利

益歸於被告」的態度，答應投票給他，但他們離開市場的集會時有一種被嘲諷的不舒服感。所以，西西涅斯和布魯圖斯輕易就說服他們（「科利奧蘭納斯從來都是發言反對你們的自由的人。」），讓他們重新考慮，最後改變主意。

整起事件是赤手拳擊政治（bare-knuckles politics）的一堂課。看來已經搞定的事可以迅速瓦解。元老們一度看來已經勝出，因為科利奧蘭納斯就像他們建議的，出席在市場舉行的集會，並成功取得人民的大量支持。不過還有正式投票的一關。背城借一的布魯圖斯和西西涅斯利用正式投票來打破貴族們的盤算。

這兩位護民官就像他們要對付的貴族一樣充滿心機。莎士比亞斷然認為，如果民主的反對力量太高調以至於無力抵抗奪權的政治謀略，暴君的出現將無法制止。科利奧蘭納斯的富有盟友催促他隱藏自己的真正政治觀點以便可以當選，兩名護民官則呼籲人民隱藏他倆在最後一分鐘誘導選民改變立場一事所扮演的角色。「把一切過失推在我們身上好了。」（2.3.225）他們狡猾地這樣建議：也就是說，選民應該聲稱當初是他們的領袖逼他們支持科利奧蘭納斯，然

而反省過他的敵意和嘲弄之後，決定撤回支持。

當選民按照這指示做了之後，科利奧蘭納斯勃然大怒，登時把他對民主的恨意完全傾瀉出來。他憤怒地指出，企圖討好民眾只鼓勵了「叛亂、放肆和騷擾」。（3.1.68）窮人都是「莠草」，只要讓他們稍微接近權力都會招來感染。

他的朋友企圖讓他閉嘴。雖然他們的觀點也許和他一樣，但不願公開流露。可科利奧蘭納斯不肯收口。他宣稱一個國家不能有兩個權力來源。要麼是貴族按應有的樣子進行統治，要麼就讓庶民把整個社會秩序顛倒過來：「要是他們做了元老，你們便要變成平民。」（3.1.98-99）至於社會安全網（為防止饑荒而發放免費食物的政策），只會「助長不服從的風氣，加速國家的瓦解。」（3.1.114-15）聽過這番怒罵之後，護民官布魯圖理由十足地問道：「人民能夠同意讓說這種話的人執政嗎？」（3.1.115-16）

再一次，因為科利奧蘭納斯的漫無節制，一切都被攤了開來。較溫和的元老曾願意在發生重大大眾健康危機與大規模社會抗議時稍微讓步。雖然他們想

辦法限制民眾的投票權，他們至少允許有人代表人民的聲音。但是對科利奧蘭納斯來說（他不能忍受自己階級的虛偽和妥協），貴族所做的「稍微讓步」已經太多。他自己的建議是就讓窮人餓死吧。饑荒將可以減少懶蟲的數目，活下來的人將比較不再傾向於要求施捨。科利奧蘭納斯認為，施捨只會讓低下階級不再自力更生。整個福利系統形同一種麻醉劑。

所以他主張，貴族需要做的是拿出勇氣，取走庶民以為他們想要但實際上會傷害他們和傷害國家的東西。這表示不只要取消免費食物，還要取消代表人民發聲的護民官職位。光是限制人民的投票權並不夠，科利奧蘭納斯建議的是遠為極端的手段：「趕快拔去群眾的舌頭吧。讓他們不能舔舐甜言蜜語，那實際上是他們的毒藥。」（3.1.152-54）換言之，科利奧蘭納斯是想要撕毀羅馬的憲制。

兩個護民官馬上指控他叛國，要求逮捕這個「企圖政變的叛徒，公眾幸福的敵人。」（31.171-72）事實上，他的極端建議對貴族構成的威脅不亞於對庶

222

民，因為這個建議掀去了他們苦心經營的意識形態幌子。眼看貴族派和平民派的衝突一觸即發，米尼涅斯要求說：「兩方面彼此客氣一點吧。」一位元老院議員指出，這衝突會「把我們這城市夷為平地。」西西涅斯反駁道：「沒有了人民何來城市？」他的追隨者把這句話當成口號：「人民就是城市！人民就是城市！」（3.1.177-94）

內戰迫在眉睫，而不管科利奧蘭納斯和貴族們多麼強大，他們在人數上都遠遜於憤怒的民眾。貴族派將軍考密涅斯（Cominius）清醒地指出：「眾寡懸殊是顯而易見的。」充滿挫折感的米尼涅斯說：「他就不能對他們說句好話嗎？並試著再次討好民眾。」這一次他把科利奧蘭納斯帶回市場，讓他受審，為自己受到的指控答辯。

要說服科利奧蘭納斯答應這樣做並不容易。米尼涅斯的努力得到伏倫妮婭的幫助，她就像他一樣，對於科利奧蘭納斯不肯佯裝直到當選感到挫折。她對兒子說：「如果你對他們少一點意氣用事，便可以少遭遇一些不如意的事。」

（3.2.20-23）科利奧蘭納斯的回答是「讓他們被吊死。」對此，他母親補充說：「對，也讓他們被燒死。」（3.2.23-24）但詛咒人民並不能解決問題。她指出，如今的唯一明智之道是——

你現在必須去向人民說話。不是按照你良心的指示，也不是按照你心頭想傾訴的去說，而是去說一些你內心並不承認，只是舌端背得爛熟的假話。（3.2.52-57）

淨是說謊就足夠。她向兒子保證，這是人人都贊成的觀點：「我是代表你妻、你兒、元老和貴族們向你進這番忠告。」（3.2.65）

所以，解決自己所引起的危機乃是科利奧蘭納斯力所能及。他唯一要付出的代價只是表現得像個政客——僅此一次。但對他來說，這個代價高得不能忍受。科利奧蘭納斯人格中的一切——受母親薰陶而來的固執、驕傲和目空一

切——全都不允許他扮演那麼低下的角色。讓他更加不能忍受的是，如今勸他自貶身價的人正是他母親。她告訴他：

好兒子，你說過，當初你因為受到我的鼓勵，才會成為軍人。現在請你再接受我的鼓勵，做一件你從來沒有做過的事。（3.2.107-10）

伏倫妮婭完全明白兒子的男子氣概正受到威脅，也完全明白從一開始他就是為了取悅她而形成他的整個身分認同。他身上的傷疤從來不是為了在人民面前炫耀，而是專為她提供的裝飾品。現在讓人洩氣的是，她告訴他他一直以來都用力過猛：「即使你少一些努力，也許一樣足以成為你所成為的男人。」（3.2.19-20）又或者，他認為母親要求他的是一種不同的（甚至更痛苦的）受虐癖。在他看來，他母親是想要他成為一個乞丐、一個騙子、一個愛哭的小學生或一個妓女。猶有甚者，她想要把他那「和戰鼓競響的巨嗓」變成「像閹人

一樣尖細」。不過，為了她，也只有為了她的緣故，他願意閹割自己：「好吧，母親，我這就到市場去。」（3.2.131）

就像上一次努力爭取選票那樣，科利奧蘭納斯再次企圖扮演政客仍是一場災難。兩位護民官知道他的心靈極不穩定，於是充分利用他的這個弱點。他們指控他攻擊歷史悠久的政府結構是打算成為暴君：「你企圖推翻一切羅馬相傳已久的政制，造就你個人專權獨裁的地位。」（3.3.61-63）他們以此宣布：「你是人民的叛徒。」這個叛國指控足以讓他重新落入不能控制的暴怒，他因此被判放逐，趕出羅馬城。

在取得了他們想要的成果之後，兩個護民官採取策略性撤退。他們一個說：「現在我們已經表現出我們的力量。事情既已了結，我們不妨在言辭之間裝得謙恭一點。」（4.2.3-5）雖然《科利奧蘭納斯》總是把他們刻劃成狡猾模樣，但未試圖顯示他們遠離真理。科利奧蘭納斯確實呼籲貴族剝奪下層階級的投票權。如果他當選執政官，斷然會推出這樣的政策。即使在他被放逐後，威

脅仍然沒有解除。一個為沃爾西人充當間諜的羅馬人報告：「貴族們正在等待時機，一有機會就準備剝奪人民一切權力，把護民官永遠罷免。」（4.3.19-21）

讓人大惑不解的是，在科利奧蘭納斯被放逐後，羅馬變得前所未有的富足，然則貴族又什麼要陰謀對付下層階級？現在普通百姓沒有抗議或暴動，而是生活得平靜和滿足。其中一個護民官精明地指出，這種昇平局面讓科利奧蘭納斯的貴族朋友們——

感到羞慚。他們寧願見到——縱然那樣對他們也不利——群眾在街上紛爭滋事，也不願見到市廛裡百工高歌，安居樂業。（4.6.5-9）

這是一個乖違但熟悉的模式：上層階級主張，它之所以需要大權獨攬，是為了保障國家的秩序。科利奧蘭納斯曾經代自己的階級向人民指出：「在神明

的幫助下，尊貴的元老院讓你們懂得知所收斂，否則你們早就彼此相食了。」（1.1.177-79）然而當有錢人被證明為錯的時候，也就是當國家在一個更民主的制度下，窮人和有錢人都一樣欣欣向榮時，他們就渴望社會陷入他們曾答應制止的失序。

科利奧蘭納斯後來怎樣了？他的怒氣因為自己被指為共和國的叛徒而加劇，就好像他雖然為羅馬流過許多高貴血液，卻沒有比一個為沃西爾人當間諜的底層百姓要強。然而，在被放逐之後，他投靠的正是沃爾西人。他說：「我痛恨自己生長的地方，我的愛心已經移向了這個仇敵的城市。」（4.4.23-24）

這個劇情轉折值得我們沉思。那就好比一個長期以痛恨俄國知名且動輒指控對手叛國的政黨領袖偷偷去了莫斯科，為克里姆林宮提供服務。這透露出科利奧蘭納斯在戰爭中表現的勇武絕非出於對人民的愛，甚至不是出於對羅馬這個抽象觀念的忠誠。他曾經覺得自己和其他貴族同聲一氣，但如今卻認為自己的社會階級捨棄了他，抱怨他們任由「那些奴才把我轟出羅馬。」（4.5.76-

77）他的用詞清楚顯示他對自己家鄉的觀點：一般老百姓都是「奴才」；「膽小的貴族」是懦夫，因為他們拒絕在關鍵時刻讓街頭血流成河，讓他免於遭到放逐。現在他渴望對整個「爛透了的國家」加以報復。（4.5.74, 90）

當科利奧蘭納斯到達沃爾西人的首都安濟奧（Antium）時，敵人的將軍奧菲狄烏斯（Tullius Aufidius）本來完全有理由把他殺掉，因為這個羅馬戰士曾讓很多沃爾西人流血。但奧菲狄烏斯知道可以好好利用這個被放逐者的憤怒來對付他自己的國人同胞。奧菲狄烏斯稱科利奧蘭納斯為「沉鷙雄毅的將軍」，把沃爾西人軍隊一半兵力都交給他指揮，授權他制定作戰計畫：「你了解你本國的虛實，最適合根據自己的經驗決定進軍方策。」（4.5.138-39）

當科利奧蘭納斯投敵和率領敵軍來犯的消息傳到羅馬，兩位護民官起初拒絕相信。因為羅馬城一片太平盛世光景，他們認為傳言只是假消息，是某些貴族派系所造的謠，為的是讓「那些膽小的人建議召回科利奧蘭納斯。」（4.6.70）就連米尼涅斯都不太相信這個消息，因為科利奧蘭納斯和沃爾西人是

不共戴天的仇敵，不可能結成聯盟。當敵軍逼近的消息被證明不是假新聞之後，貴族的反應很有說明作用。他們並沒有大罵科利奧蘭納斯背叛了一切他曾發誓心愛和捍衛的東西，反而把矛頭轉向平民。米尼涅斯挖苦兩位護民官說：「你們幹的好事，你們和你們那些穿圍裙的臭工匠們！……你們就只知道重視手藝人的聲音和吃大蒜者的口氣。」（4.6.95-98）一切都要怪勞動階級，因為他們口臭和堅持要讓自己的聲音被聽見。是他們而不是科利奧蘭納斯背叛了羅馬。

兩位護民官設法讓他們的選民安心。「不要發急。」他們指出，發布這個可怕消息的派系「雖然表面上裝得很害怕，心裡卻但願真有其事。」這番觀察無誤，貴族確實因為太恨庶民而歡迎科利奧蘭納斯叛國。但庶民仍然有道理害怕。《科利奧蘭納斯》挖苦地描寫歷史修正主義如何立即展開。一個老百姓說：「我們把他放逐的時候，我早就說我們做了一件錯事。」另一個老百姓回說：「我們大家都這樣說。」（4.6.154-55）

230

高潮的第五幕證實了科利奧蘭納斯對羅馬、貴族派、自己的朋友、義父乃至妻子都沒有任何忠愛之心。他對妻子說：「原諒我的殘酷吧，可是不要因此向我說：『原諒我們羅馬人。』」（5.3.43-44）他是堅決拒絕妥協的人。作為沃爾西人的軍隊主帥，他紮營在羅馬城門前面，像個摧毀之神那樣準備把整座城付之一炬，割斷所有男人的喉嚨，把所有女人和小孩賣為奴隸。他最終沒有這樣做完全是因為母親求情。嚇他一大跳的是，伏倫妮婭跪在他面前，又是求他又是責備他。她說現在的情形就像科利奧蘭納斯是一個沃爾西女人所生，不是她所生：「這人有一個沃爾西人母親。」他饒了羅馬城，答應和羅馬人簽訂和約。

利奧蘭納斯無法保持堅定：「啊，母親，母親！妳做了什麼啊？」（5.3.178）在她的苦苦哀求下，科利奧蘭納斯無法保持堅定。

羅馬是得救了，但科利奧蘭納斯卻不可能重返家園。畢竟，他一度打算毀滅它。他選擇回到安濟奧，哪怕他知道這樣做會讓自己的處境岌岌可危。他對母親說：「妳替羅馬贏得了一場快樂的勝利，可是相信我，被妳打敗的兒子將

要面臨最嚴重的危險。」

奧菲狄烏斯完全沒有意願和科利奧蘭納斯分享權力，立刻制定消滅他的計畫。動作一定要快，因為這位羅馬將軍帶給了沃爾西人「體面的和平」，在他們中間大受歡迎。在科利奧蘭納斯要把已簽訂的和約呈交給沃爾西元老院時，奧菲狄烏斯橫加阻止：

不要讀它，各位大人。對這個叛徒說，他已經濫用你們授予的權力，
罪在不赦了。（5.6.83-85）

就像在羅馬遭遇過的那樣，科利奧蘭納斯現在聽到自己受到叛國指控。這番話再一次讓他暴怒，只不過，這一次再也沒有貴族朋友為他求情，而他的刑罰也不會僅僅是放逐。奧菲狄烏斯提醒沃爾西人他們曾經有過哪些損失。「把他撕成碎片！」群眾高聲呼喊，因為他們每個人都記起他們曾經有親友被科利

232

奧蘭納斯殺死：「他殺死我兒子！」「他殺死我女兒！」「他殺死我表哥馬庫斯克！」「他殺死我父親！」隨著帶劍的人向他逼近，科利奧蘭納斯聽到的最後話語可以總結他的人生：「殺！殺！殺！」（5.6.120-29）

在全劇的最高潮處，讓羅馬城避免毀於科利奧蘭納斯摧毀力量的是暴君自己的人格：那一直以來形塑他的力量也是讓他最後下不了手的原因。正如伏倫妮婭指出：「這世界沒有一個人和他母親的關係更密切的了。」（5.3.158-59）

老百姓湧出感激之情，推許科利奧蘭納斯的母親是羅馬城的救星。不過早在發生於羅馬城門前那場戲之前，讓羅馬城不致落入暴君股掌的是它的護民官，也就是煽動民眾行動的職業政客。卑鄙而為己謀，他們和世界各個民主政體的職業政客多有相似之處。不過他們卻挺住了愛霸凌別人的頭號戰士，堅持一般老百姓有權重新考慮投票給誰。沒有他們的倔強抵抗和狡猾操弄，羅馬將會落入一個「一心稱孤道寡的人」手中。雖然沒有人為他們立像表彰，但是他們才是羅馬城的真正救星。

尾聲

Coda

那已經是很久很久以前的事了，當時社會有著一個非常不同的政治系統，缺乏保護言論自由和民主社會基本規範的憲法條文。當莎士比亞還是小孩子時，一個富有的天主教徒費爾頓（John Felton）因為貼出一張教宗敕書和揚言「女王從來不是英格蘭的真正女王」而被四馬分屍。幾年後，一個清教徒斯塔布斯（John Stubbs）因為寫了一本小冊子譴責女王向一個法國天主教徒求婚，被斬下右手。小冊子的散播者被處以同樣的肉刑。對口語和文字冒犯的類似嚴厲懲罰在伊莉莎伯和詹姆士兩朝都屢見不鮮。

莎士比亞毫無疑問目睹過這一類行刑的陰森恐怖場面。除了向他標示出可接受的表達方式的界線之外，它們還讓他了解人在承受無法承受的痛苦時是什麼樣子。除此以外，它們也透露出群眾的諸多恐懼和欲望，而那正是劇作家的必要看家本領。莎士比亞作為藝術家的力量是來自人民。他的抱負不是要成為作家小圈子裡的一員，不是透過一個有錢恩主的蔭庇求得溫飽，而是當一個娛樂大眾的人，用刺激劇情誘惑群眾掏出身上幾便士。⑳

這些刺激劇情常常逼近犯禁，所以不斷有衛道之士、牧師和官員呼籲關閉所有劇院。但莎士比亞知道危險在哪裡。他當然知道透過印刷品或言論把君主指為「異端、分裂教會者、暴君、不信上帝者或篡位者」乃是叛國罪。他也知道，作家對任何有權勢的當代人物或有爭議性的議題從事任何批判性反省都是既吸引人又危險。他的同事納什（Thomas Nash）因為煽動暴亂罪而跑路；班‧強生因為類似的罪名坐牢；基德（Thomas Kyd）在室友馬羅（Christopher Marlowe）遭調查期間被刑求，不久死去；馬羅本人被女王的祕密幹員刺死。所以下筆謹慎非常重要。

作為一個採取斜角進路的大師，莎士比亞審慎地把他的想像力投射到遠離他即時環境之處。避免牢獄之災不是他的唯一動機。他不是一肚子怨氣的不滿份子，不是決心要顛覆這位大人或那位主教的權威，也不是要挑戰君主或煽動叛亂。他是個正在邁向富有的人，從劇院進帳、房地產投資、期貨交易和偶爾的放貸獲得穩定收入。社會混亂不符合他的利益。他的作品對衝著在位領袖而

發的暴力——哪怕是所謂「有原則的暴力」（principled violence）——表現出極大反感。

不過，他的作品也表現出對官方陳腔濫調（例如《順服禮讚》之類的文本）的反感。莎士比亞大概是認為，官方政策（歌頌當權者、拒絕承認嚴重的經濟不平等、永遠把上帝說成是站在在上位者的一邊，以及妖魔化就算是最溫和的懷疑主義者）具有適得其反的效果，因為那只會讓人更加覺得整個價值系統（它規定誰高貴誰低賤、什麼是善什麼是惡，以及真理和謊言的界線何在）是一個大騙局。把這一點說得最清楚的是比莎士比亞早近一百年的湯瑪士·摩爾爵士（莎士比亞的《理查三世》對摩爾的歷史著作借助良多）。他在《烏托邦》（Utopia）裡寫道：「當我考量現代世界的任何社會系統時，我都忍不住認為——上帝保佑我——它們不過是有錢人的陰謀。」

莎士比亞找到一個方法說出他有必要說出的話。他成功讓人站在舞台上，告訴兩千名觀眾（他們有一些是政府暗探）：「一條得勢的狗也可以使人唯命

是從。」又或者說出，若是有錢人和窮人犯了同樣的罪，窮人會受到嚴厲懲罰，但有錢人卻可以脫身：

小一根乾草都可以把它戳穿。

給罪惡穿上金甲，公理的利劍便不能將之刺傷；給罪惡披上破衣，小

如果你是在酒館裡說這種話，大有可能會讓自己失去耳朵。但這種話卻日復一日在大庭廣眾下說出，從不會惹來警察。為什麼？因為說這話的人是已經瘋了的李爾。（《李爾王》4.5.153,160-61）

正如我們看到過的，莎士比亞一生都在思考社會是以哪些方式解體。因為有著洞悉人性的天賦和足以讓任何煽動家嫉妒的修辭技巧，他活靈活現地描寫了那種會在亂世崛起、利用同時代人最卑賤本能和最深刻焦慮渾水摸魚的人。他認為，一個被政黨政治激烈分化的社會特別容易被冒牌民粹主義傷害。總是

有些煽動者會撩起暴君的野心，也總是有些助紂為虐者看得出來這種野心的危險性，但卻認為自己控制得了成功的暴君，從他對既有制度的攻擊中得利。

莎士比亞反覆描寫暴君一旦奪權成功之後將帶來的混亂，因為他們一般缺乏治國的長才，也沒有長遠的願景。即使是相對健康和穩定的社會，也沒有多少資源可以抵擋一個冷酷無情和肆無忌憚的人所帶來的傷害。它們也沒有足夠的裝備可以有效應付開始顯示出不穩定和不理性行為徵兆的合法統治者。

莎士比亞從來不會忽略社會落在暴君手上的可怕後果。馬克白中蘇格蘭的一個角色這樣哀嘆說：

可憐的國家啊，就連自己都害怕看自己了。它不能再叫作我們的祖國，只能說是我們的墳墓。在那裡，只有茫然無知的人才能有點笑容。長嗟短嘆，呻吟叫號，儘管震破了天，也沒有人過問。極哀慘痛像是一種平凡的感情。（《馬克白》4.3.165-70）

莎士比亞深知把製造這種悲慘的人趕走需要多少的暴力和付出。但他並非全然不抱希望。他認為前進之路不在於行刺。在他看來，這種鋌而走險的手段通常只會帶來它原本企圖防止的後果。在他創作生涯的尾聲，莎士比亞把希望寄託在社會全體的不可預測性，寄託在其拒絕按照一個人的命令齊步前進。因為有多得無以數計的因素不斷在運作，這讓一個理想主義者或暴君（一個布魯圖或一個馬克白）無法確定掌握事件的進程，或是可以看見（如馬克白夫人夢想的那樣）「存在於當下的未來。」（1.5.56）

身為一個劇作家，莎士比亞熱烈擁抱這種不可預測性。他寫的戲劇讓觀眾多的情節交纏，把國王和弄人拉在一起，常常違反文類的期望，明顯願意把詮釋的權力交給演員和觀眾。在這種戲劇實踐中，對極端紛紜和隨機的觀眾有一種基本的信賴，相信他們自可把事情做好。莎士比亞的同時代人班·強生一度主張，應該按照觀眾所付的票價賦予他們評論一齣戲的權利：「應該要讓任何人按他付的十八便士、兩先令或半克朗成比例地發表意見。」㉑沒有什麼意見比

這種意見更加遠離莎士比亞的一個信念：劇院中每個人都有相同權利發表意見，而這些意見的總和（不管有多麼混亂），最終會決定一齣戲劇的成敗。

相同的信念看來可以解釋《科利奧蘭納斯》中羅馬城何以能僥倖逃過暴君統治。那是由眾多糾葛的原因導致：獨裁主角的心理不穩定、他母親的說服能力，人民被賦予的少許能動性，選民和他們的民選領袖的行為。莎士比亞知道，我們很容易不信任這些領袖和信賴他們的男男女女。這些領袖常常是妥協和腐敗的，群眾則常常是愚蠢、不知感激、容易被煽動和遲鈍於知道自己真正利益所在。有一些時期（有時是頗長的時期），最卑賤的人的最殘忍動機看來得勝。不過莎士比亞相信，暴君和他們的走狗最終會因為他們自己的邪惡與民眾的人類精神而倒台──民眾的人類精神或許會一時被打壓但不可能完全捻熄。他認為，最有機會讓集體端正（collective decency）復甦的是普通公民的政治行動。他從來不會忽視那些在被要求支持暴君時保持沉默的人民，不會忽視那個出言制止邪惡主人刑求囚犯的家丁，不會忽視要求經濟公義的挨餓庶民。

鳴謝

不久之前（雖然感覺上像一世紀以前的事），我坐在薩丁尼亞一個碧翠的花園裡，表達我對即將來臨的一場選舉的結果越來越焦慮的心情。我的歷史學家朋友尤森（Bernhard Jussen）問我打算做些什麼。「我能做些什麼？」我問。

「你可以寫些什麼。」他說。所以我就照做了。

這就是本書的發端。然後，當該次選舉證實了我最壞的預期之後，我太太拉美·塔爾格夫（Ramie Targoff）和兒子哈利在晚餐聽我談到莎士比亞和現代政治的奇異相關之處時，鼓勵我進一步深入探討這問題。所以我就照做了。

我要把最大的感謝獻給特拉穆拉（Misha Teramura），他是一個有天分的文學史家，曾幫助我了解莎士比亞的《理查三世》和埃塞克斯的造反之間的複雜

244

關係，又曾對我的章節做出銳利和總是有幫助的回應。我也感謝納普（Jeffrey Knapp）讀過整部初稿，給予我慷慨和明智的批評。烏茲克（Nicholas Utzig）和辛科克斯（Bailey Sincox）大大幫助了我研究都鐸時代的叛國法令和對暴君的戲劇描寫。我的朋友暨教學拍檔梅南德（Luke Menand）和柯納（Joseph Koerner）在課堂內外都是我不窮歇的靈感來源。一如以往，我有一個需要感謝的更寬闊圈子，主要包括傑克森（Howard Jacobson）、柯納（Meg Koerner）、拉克（Thomas Laqueur）、勞辛（Sigrid Rausing）、塞克斯頓（Michael Sexton）、夏皮羅（James Shapiro）和威特摩爾（Michael Witmore）。以下各位分處世界各地的莎士比亞學者的友誼和啟迪也是我衷心感謝：亞伯拉罕（F. Murray Abraham）、阿爾維斯（Hélio Alves）、安德魯斯（John Andrews）、阿諾德（Oliver Arnold）、貝特（Jonathan Bate）、巴斯（Shaul Bassi）、比爾（Simon Russell Beale）、貝爾西（Catherine Belsey）、伯傑龍（David Bergeron）、貝文頓（David Bevington）、貝雅德（Maryam Beyad）、伯內特（Mark Burnett）、卡洛爾（William Carroll）、查提爾

根（George Logan）、勒普頓（Julia Lupton）、馬圭爾（Laurie Maguire）、曼利（Lawrence Manley）、馬庫斯（Leah Marcus）、莫斯（Katharine Maus）、麥科伊（Richard McCoy）、麥克米倫（Gordon McMullan）、馬拉尼（Stephen Mullaney）、紐曼（Karen Newman）、尼科利茨（Zorica Nikolic）、奧格爾（Stephen Orgel）、帕斯特（Gail Paster）、波特（Lois Potter）、普拉特（Peter Platt）、威爾遜（Richard Wilson）、羅斯（Mary Beth Rose）、賴倫斯（Mark Rylance）、薩米特（Elizabeth Samet）、沙爾克韋（David Schalkwyk）、舍恩菲爾德（Michael Schoenfeldt）、塞克斯頓（Michael Sexton）、舍曼（William Sherman）、舒格（Debora Shuger）、西蒙（James Siemon）、辛普森（James Simpson）、史金納（Quentin Skinner）、史密斯（Emma Smith）、斯特恩（Tiffany Stern）、史特里爾（Richard Strier）、塞姆（Holger Schott Syme）、塔斯基（Gordon Teskey）、湯普森（Ayanna Thompson）、威爾斯（Stanley Wells）、伍德林（Benjamin Woodring）和伍頓（David Wootton）。當然，本書倘若有任何錯誤，文責俱由作者自負。

埃弗里特（Aubrey Everett）是一位深思和有效率的助理。諾頓出版社的資深文字編輯里夫金（Don Rifkin）金睛火眼，給了我很多寶貴建議。辛科克斯（Bailey Sincox）也是如此。藉這個機會，我要再一次深深感謝尼里姆（Jill Kneerim）和曼森（Alane Mason），前者是最有想像力的文學經紀人，後者是最有想像力的編輯。內人拉美・塔爾格夫對本書的作用前面已述及，這裡還需補充的只是我愛她以及充分支持我的家人。

248

註釋

① 關於布坎南的引用出自 George Buchanan, *A Dialogue on the Law of Kingship Among the Scots: A Critical Edition and Translation of George Buchanan's "De Iure Regni apud Scotos Dialogus,"* trans. Roger A. Mason and Martin S. Smith (Aldershot, U.K.: Ashgate, 2004).

② 根據該法令（Treasons Act, 26 Henry VIII, c. 13, in *Statutes of the Realm* 3.508），毀謗性或惡意用文字或口語的方式、用出版或宣布的方式宣稱國王是「分裂教會者、暴君、不信上帝者或篡位者」，乃是犯了叛國罪。

③ 見 Misha Teramura, "Richard Topcliffe's Informant: New Light on *The Isle of Dogs,*" in *Review of English Studies*, new series, 68 (2016), pp. 43–59。可恨的拓普克利夫（Topcliffe）是政府最惡名昭彰的調查官，因為有施瘧癖而受人害怕和憎惡。受過他刑求的天主教徒傑勒德（John Gerard）稱他為「全英格蘭最殘忍的暴君」（46）。在宛如偵探辦案的精采研究中，Teramura 判斷出《犬島》案的主要告密人為無賴尤德爾（William Udall）。

④ 關於莎士比亞的所有引用出自 *The Norton Shakespeare*, 3rd ed., ed. Stephen Greenblatt et al. (New York: W. W. Norton, 2016)。大約一半的莎士比亞劇本皆有「四開本」和「對開本」兩種版本，兩者都聲稱擁有權威。在本書中除非另有說明，否則請參閱「第一對開本」（First Folio）。（所有版本均可參閱「諾頓莎士比亞 The Norton Shakespear」網站。）

⑤ Derek Wilson, *Sir Francis Walsingham: A Courtier in an Age of Terror* (New York: Carroll and Graf, 2007), pp. 179–80.

⑥ 'On the Religious Policies of the Queen (Letter to Critoy)," 這封信由沃辛漢署名，但明顯是出於培根手筆，收錄在培根的作品 *Notes upon a Libel*（撰於一五九二年，但要至一八六一年才出版）。這信描述伊莉莎白「不願意在人們的心裡或祕密思緒開一扇窗，但這些思緒卻太豐富，溢出成為外顯的行為，惡意攻訐女王陛下的無上權力，鼓吹外國裁判權。」見 Francis Bacon, *Early Writings: 1584–1596*, in *The Oxford Francis Bacon*, ed. Alan Stewart with Harriet Knight (Oxford: Clarendon, 2012) 1:35–36.

⑦ Cardinal of Como, letter of December 12, 1580, in Alison Plowden, *Danger to Elizabeth: The Catholics Under Elizabeth I* (New York: Stein and Day, 1973). Cf. Wilson, *Walsingham*, p. 105.

⑧ Wilson, *Walsingham*, p. 121.

⑨ F. G. Emmison, *Elizabethan Life: Disorder* (Chelmsford, U.K.: Essex County Council, 1970), pp. 57–58.

⑩ John Guy, *Elizabeth: The Forgotten Years* (New York: Viking, 2016), p. 364.

⑪ 不過劇作家倒是可以用暗示方式恭維伊莉莎白。例如，《仲夏夜之夢》中的奧布朗便提到，邱比特雖然對「貞潔女王」放箭，卻沒射中。在 Thomas Dekker 的 *Shoemakers' Holiday* (1600) 中，女王角色作了客串演出。

⑫ 在 *How Shakespeare Put Politics on the Stage: Power and Succession in the History Plays* (New Haven and London: Yale University Press, 2016) 中，歷史學者 Peter Lake 以豐富證據論證，到莎士比亞寫《亨利五世》的時候，他已經採納了「一種鮮明的埃塞克斯派立場」，即主張國家統一必須以激烈反對教皇派的外國威脅為基礎。雖然這種立場被證明為一種幻覺，卻足以證明「人不是需要政治正確或對政局有正確分析才能夠寫出傳世的戲劇。」(603)

⑬ 埃塞克斯這番侮辱伊莉莎白女王的話見於雷利爵士身後出版的 *The Prerogative of Parlaments [sic] in England* (London, 1628), p. 43. 雷利認為，是埃塞克斯這番放肆的話「而不是他的造反要了他的

⑭ Guy, Elizabeth, 339.

⑮ 在政府授意出版的 *Declaration of the Practises and Treasons.... by Robert Late Earle of Essen* 中，培根主張，梅里克想要看看他希望埃塞克斯在現實中達成的事情在戲中演出來⋯⋯「他殷切渴望用那悲劇場面滿足他的眼睛，深信他的大人很快就會把這悲劇從舞台帶到國家。」（quoted in E. K.Chambers, *William Shakespeare: A Study of Facts and Problems*, 2 vols.(Oxford: Clarendon, 1930], 2:326）

⑯ 根據 the statute of 25 Edward III, c. 2，以下為叛國罪⋯當一個人圖謀或想像國王、王后或他們長子暨繼承人之死⋯；或是一個人侵犯國王（配偶）、國王最年長的未嫁女兒或是王長子之妻子⋯；又或是一個人對吾王發起戰爭，或是支持吾王在其王國內的敵人，為他們提供幫助或安慰。」（*Statutes of the Realm*, 1.319-20）

⑰ 在這個課題上，我受惠於烏茲克（Nicholas Utzig）的持續研究。

見 Jason Scott-Warren, "Was Elizabeth I Richard II? The Authenticity of Lambarde's 'Conversation,'" *Review of English Studies* 64 (2012), pp. 208-30.

⑱ Manningham (1602) in Chambers, *William Shakespeare*, 2:212.

⑲ In *Narrative and Dramatic Sources of Shakespeare*, ed. Geoffrey Bullough, 8 vols. (New York: Columbia University Press, 1977), 5:557. See, likewise, *The Arden Shakespeare: Coriolanus*, ed. Peter Holland (London: Bloomsbury, 2013), pp. 60-61.

⑳ 有關莎士比亞和現代大眾娛樂的親和性，見 Jeffrey Knapp, *Pleasing Everyone: Mass Entertainment in Renaissance London and Golden-Age Hollywood* (Oxford: Oxford University Press, 2017).

㉑ Ben Jonson, *Bartholomew Fair*, ed. Eugene M. Waith (New Haven: Yale University Press, 1963), Induction, lines 78-80.

內容簡介

莎士比亞作為藝術家的力量，毫無疑問來自人民。他從不忽視被迫在暴政下保持沉默的人民，更不會忽視要求經濟公義的挨餓庶民，如同《科利奧蘭納斯》中的經典台詞：「沒有了人民，何來城市？」

終其一生，莎士比亞都在思考社會是以哪些方式解體。他認為，一個被政黨政治激烈分化的社會，特別容易被冒牌民粹主義傷害。作為善於採取斜角進路的大師，莎士比亞審慎地將想像力投射到遙遠的歷史角落，其作品總是反覆描寫暴君一旦成功奪權後所帶來的混亂。

莎士比亞相信，唯有透過虛構或採取歷史距離，最能夠不加扭曲地佔有真理——以古鑑今的手法，經過作者葛林布萊的巧妙移植與串連，在戲劇、歷史與當代時事三方的機鋒對話中，一步步為現代失序的世界帶來啟發，亦為我們提供了解當前危機的鑰匙。

252

作者簡介

史蒂芬・葛林布萊 Stephen Greenblatt

新歷史主義學派開山祖師，當代重要文學評論家，哈佛大學人文學約翰・

柯根榮譽教授（John Cogan University Professor of the Humanities at Harvard University）。

二○一一年美國國家圖書獎年度非文學類得主，二○一二年普立茲年度非小說

類作品獎得主。暢銷著作眾多，包括《大轉向》、《推理莎士比亞》、《亞當

和夏娃的興衰》（*The Rise and Fall of Adam and Eve*）等，也是《諾頓莎士比

亞》與《諾頓英國文學選集》總編輯。

253

譯者簡介

梁永安

台灣大學文化人類學學士、哲學碩士，東海大學哲學博士班肄業。目前為專業翻譯者，共完成約近百本譯著，包括《文化與抵抗》（*Culture and Resistance* / Edward W. Said）、《啟蒙運動》（*The Enlightenment* / Peter Gay）、《現代主義》（*Modernism: The Lure of Heresy* / Peter Gay）等。

國家圖書館出版品預行編目(CIP)資料

暴政的勝利：莎士比亞論政治 / 史蒂芬·葛林布萊(Stephen
Greenblat)著；梁永安譯 -- 二版 -- 新北市:立緒文化事業有限公司,
民112.07
　面；　公分. -- (新世紀叢書)
譯自：Tyrant : Shakespeare on politics

ISBN 978-986-360-215-6(平裝)

1. 莎士比亞（Shakespeare, William, 11564-1616） 2. 劇評

873.433   112014064

暴政的勝利：莎士比亞論政治（原書名：暴君）

Tyrant: Shakespeare on Politics

出版 —— 立緒文化事業有限公司（於中華民國 84 年元月由郝碧蓮、鍾惠民創辦）
作者 —— 史蒂芬·葛林布萊（Stephen Greenblatt）
譯者 —— 梁永安

發行人 —— 郝碧蓮
顧問 —— 鍾惠民

地址 —— 新北市新店區中央六街 62 號 1 樓
電話 —— (02) 2219-2173
傳真 —— (02) 2219-4998
E-mail Address —— service@ncp.com.tw
劃撥帳號 —— 1839142-0 號 立緒文化事業有限公司帳戶
行政院新聞局局版臺業字第 6426 號

總經銷 —— 大和書報圖書股份有限公司
電話 —— (02) 8990-2588
傳真 —— (02) 2290-1658
地址 —— 新北市新莊區五工五路 2 號
排版 —— 菩薩蠻數位文化有限公司
印刷 —— 尖端數位印刷股份有限公司

法律顧問 —— 敦旭法律事務所吳展旭律師
版權所有·翻印必究
分類號碼 ——873.433
ISBN—— 978-986-360-215-6
出版日期 —— 中華民國 108 年 9 月初版 一刷（1 ～ 1,500）
　　　　　　中華民國 112 年 9 月二版 一刷（初版更換封面）

定價◎ 300 元（平裝）